U0657621

主编简介

张志忠，山东大学荣聘教授，首都师范大学文学院教授，博士生导师。曾任香港浸会大学文学院客座教授，美国加州州立大学圣迭戈分校（SDSU）访问教授，台北师范大学访问教授等。中国当代文学研究会副会长。中国新文学学会副会长。中国作家协会茅盾文学奖评委，鲁迅文学奖评委。著有《莫言论》《1993：世纪末的喧哗》《在场的魅力——中国现当代文学研究论集》《迷茫的跋涉者——中国当代知识分子心态录》等论著多部。

赠莫言先生《望乡台》

华奎先生赠《望乡台》书法作品

《望乡台》成都研讨会现场

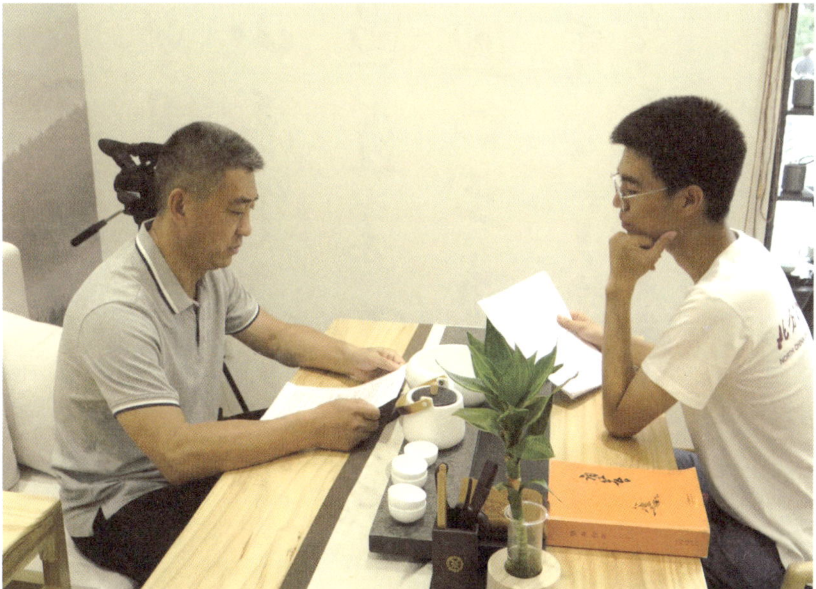

北方工业大学中文系课题组成员采访《望乡台》创作经历

解放军报社原副总编连俊义先生赠《望乡台》书法作品

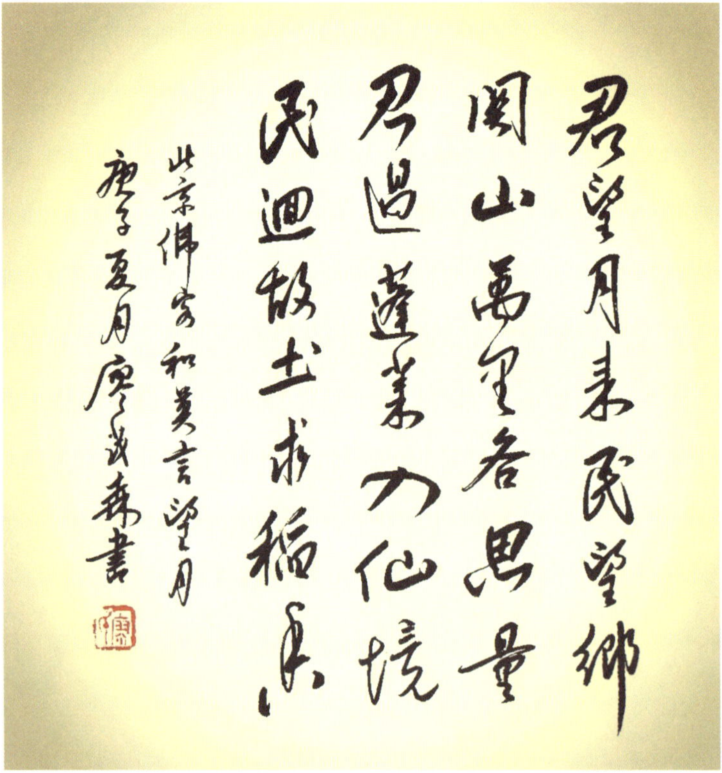

廖茂森先生赠《望乡台》书法作品

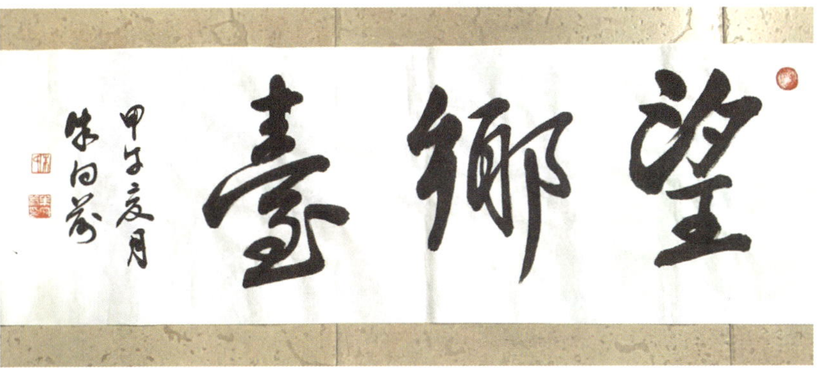

解放军艺术学院原副院长朱向前先生赠《望乡台》书法作品

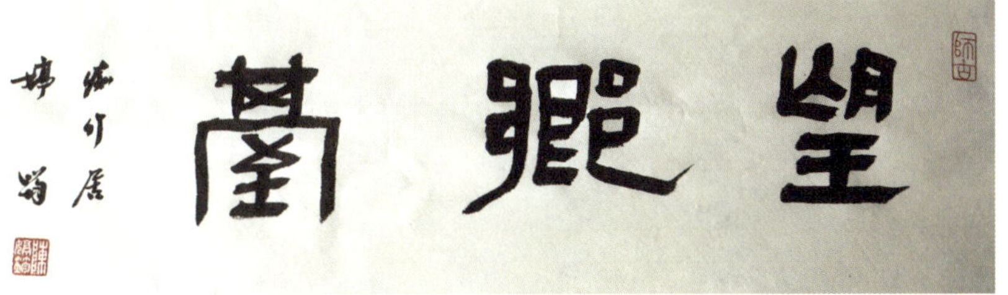

陈婷筠女士赠《望乡台》书法作品

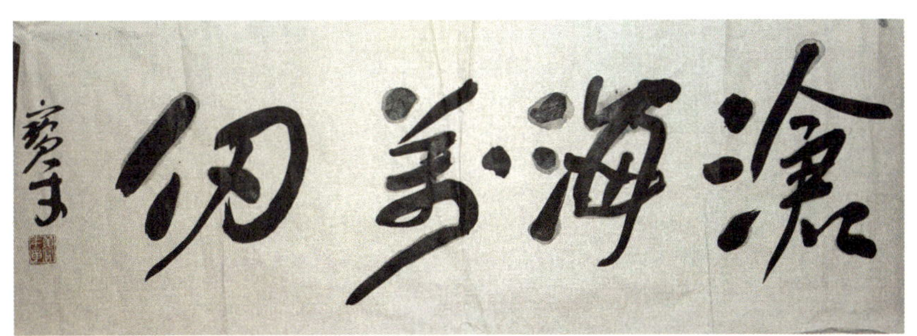

姜宝才先生赠《望乡台》书法作品

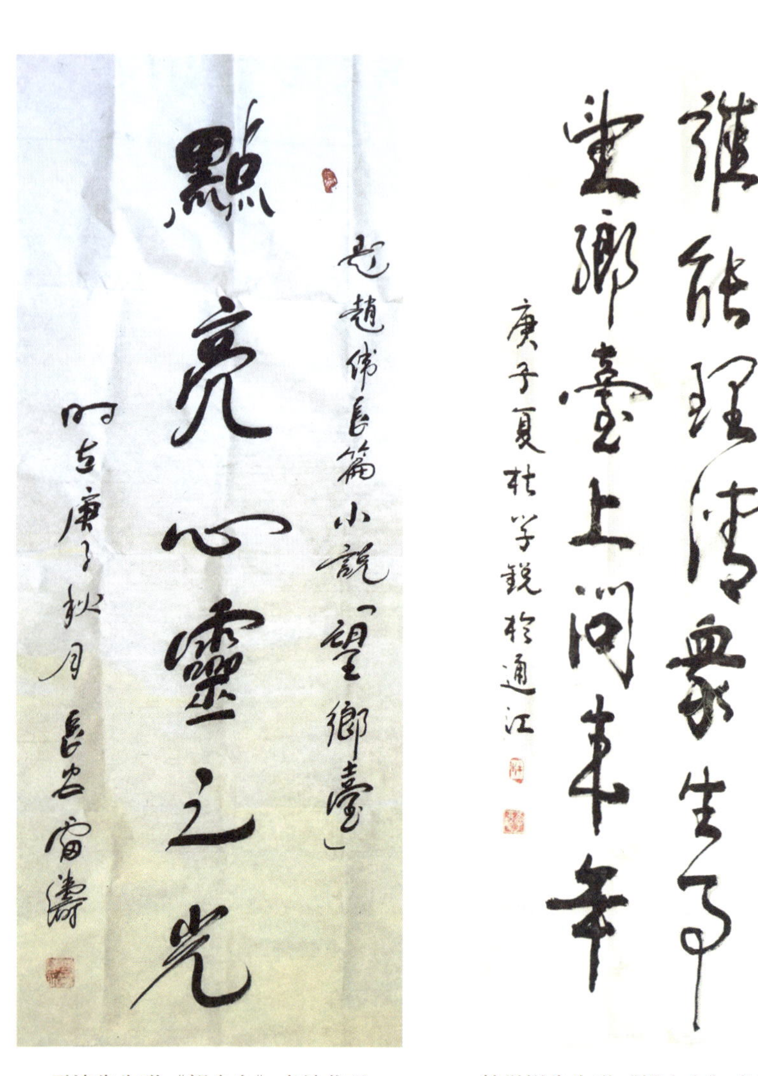

雷涛先生赠《望乡台》书法作品

杜学锐先生赠《望乡台》书法作品

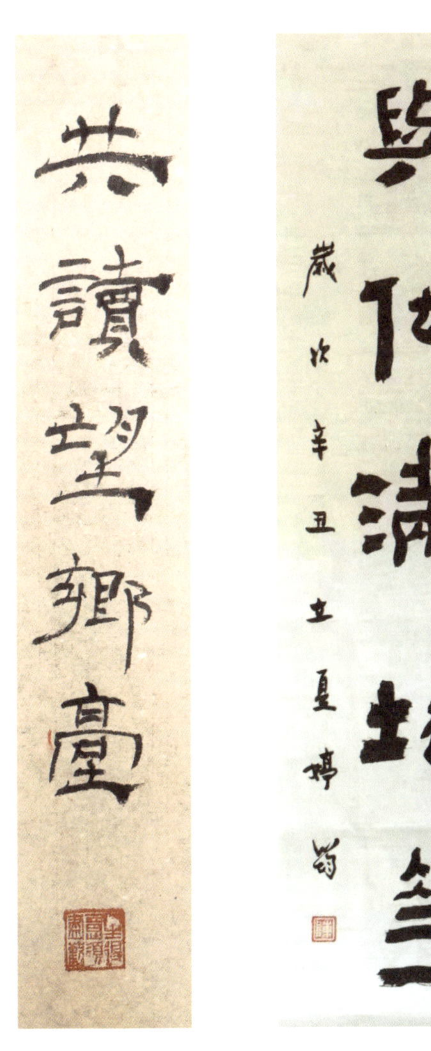

凌超先生赠
《望乡台》书法作品

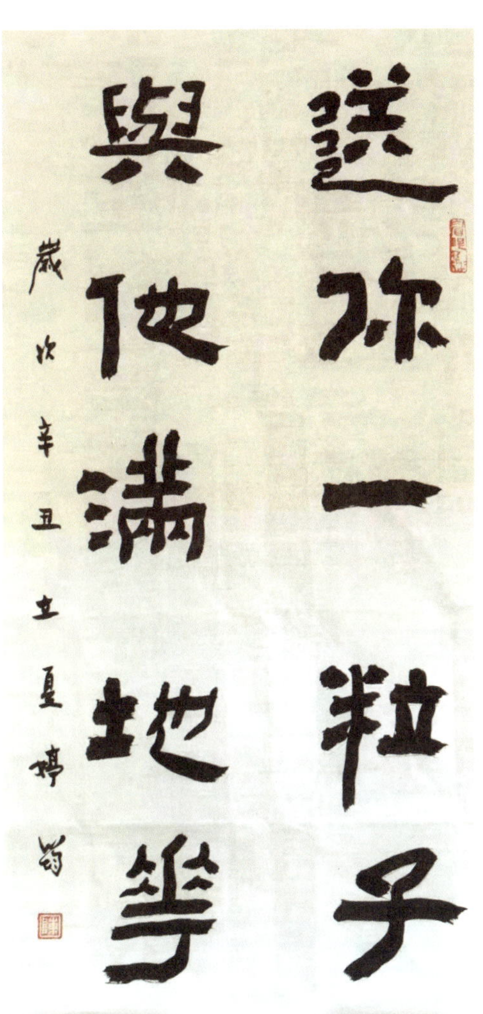

陈婷筠女士赠《望乡台》书法作品

杜学锐先生赠
《望乡台》书法作品

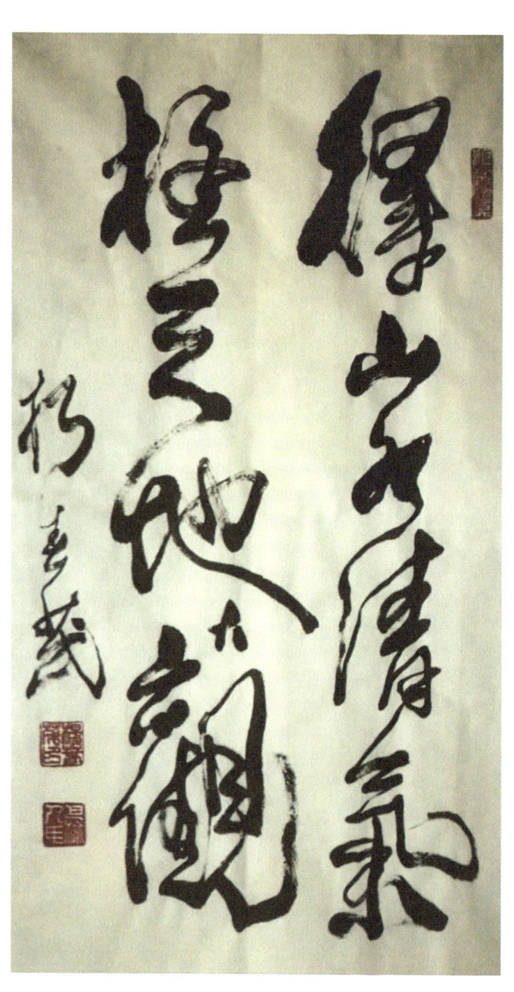

杨春茂先生赠《望乡台》书法作品

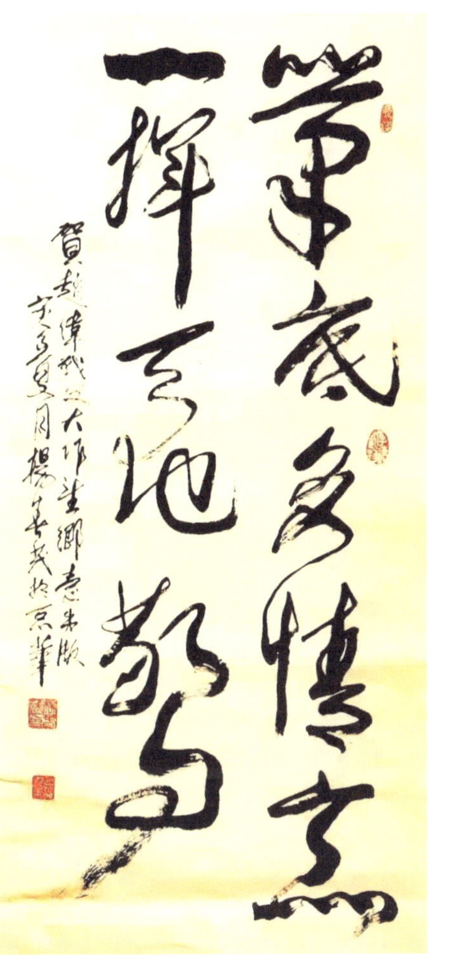

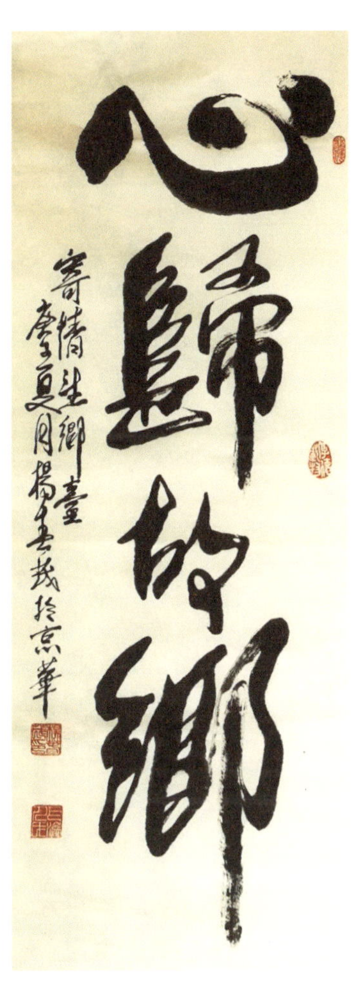

杨春茂先生赠《望乡台》书法作品

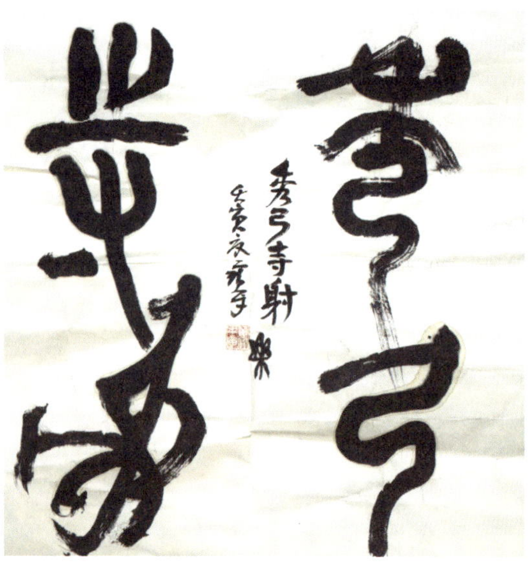

姜宝才先生赠《望乡台》书法作品

雷长安先生赠《望乡台》书法作品

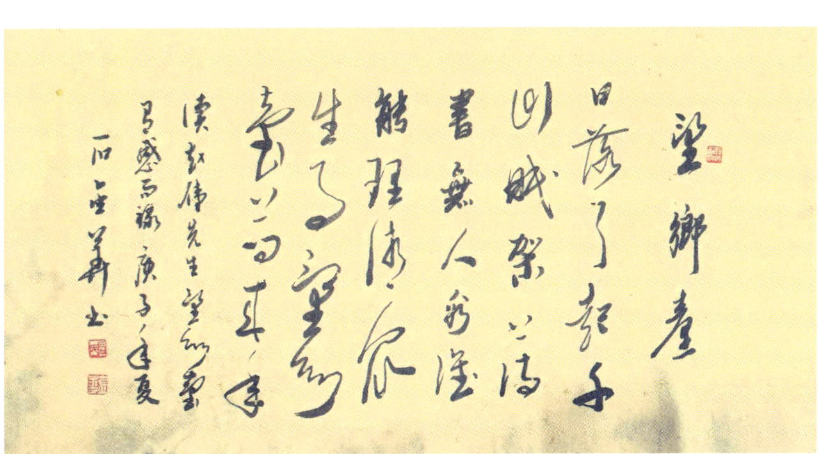

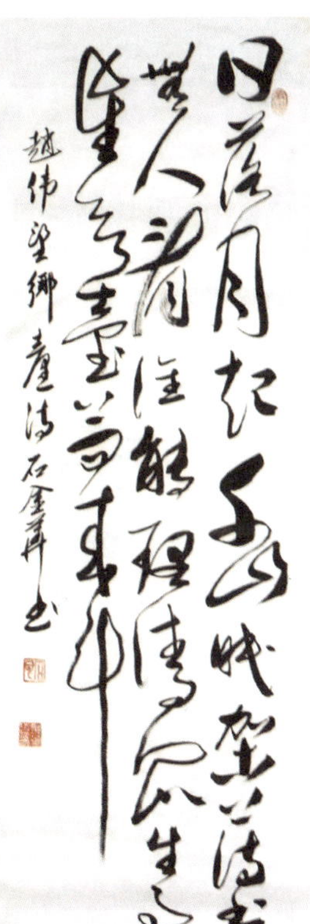

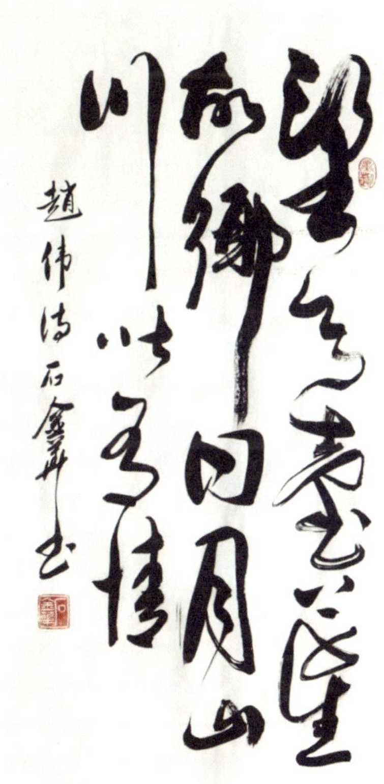

石金华先生赠《望乡台》书法作品

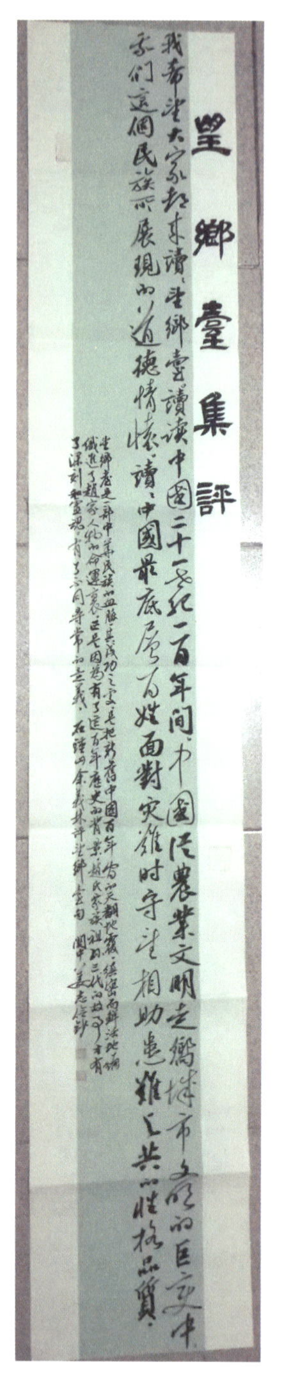

姜志新先生赠《望乡台》书法作品

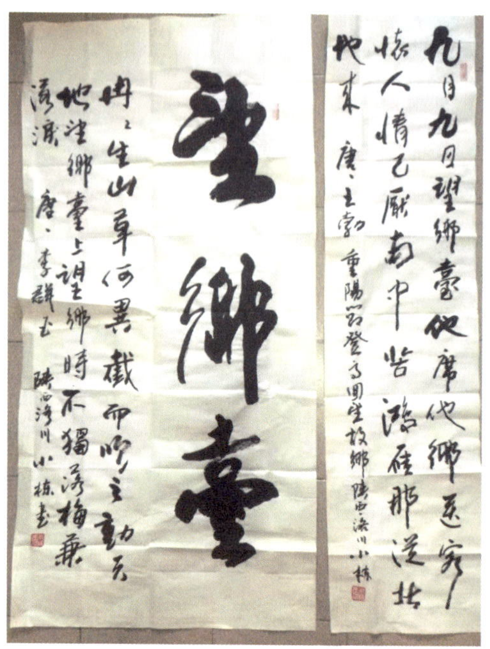

小栋先生赠《望乡台》书法作品

鲁硕先生赠送作者为《望乡台》签名的印章

母语尊严与百年乡愁

赵伟长篇小说《望乡台》评论集

张志忠 编

作家出版社

目 录

主编语

张志忠

汉语人口的大规模迁移，历经无数，不论是主动的，还是被动的，背井离乡的人们，随着时间的推移，总会不约而同地回望，回望来时的长路，以及长路尽头的故乡，总会不约而同地滋生出相同的情绪：乡愁。

中国二十世纪一百年，不论是战火纷飞下民不聊生的被迫逃亡，还是民族精英们救亡图存的主动转战，抑或是改革开放后渴望幸福生活的打工浪潮……当一切尘埃落定天下太平，乡愁，便渐渐荡漾在每一个人的心里，越来越浓，越来越深。

对于故乡的回望，不仅仅只是山水的愁绪。

还有文化的愁绪：祖母的歌谣呢？是否还在山水间传唱？仁义礼智信呢？是否还在人们的心中留存？母语的尊严呢？是否还会被后世子孙敬仰？

这片土地上，还会有“化蝶之爱”吗？还会有“床前之月”吗？还会有“南山之菊”吗？还会有“卧冰之孝”和“红楼一梦”吗？……

这或许正是作家出版社再版《望乡台》的原始动因。

一部一百三十八万字的长篇小说，由省市级出版社首版，十年后由国家级出版社再版，这种情形在出版领域里并不多见。再版的责任编辑桑良勇先生曾说，他十分喜欢小说的温暖以及这温暖带给我们的安慰，喜欢小说赋予母语的深情，喜欢在这部文字间的百年乡愁里喜怒哀乐……在纸质书的生存空间日益变得狭窄之时，这无疑是要冒着巨大的风险，但作家出版社依然要把这部小说推出来，可能不仅仅只是责任编辑独自的喜欢，而是具有乡愁情怀的人们的共同推崇。

《望乡台》是赵伟用三十年时间创作完成，共一百章，北京出版社首版时一百三十八万字，描绘了中国二十世纪一百年间，居于大山深处望乡台下四合院赵家祖孙三代人的多舛命运。三代人的爱情婚姻和家庭生活被二十世纪的风云裹挟，在生活的艰涩与对生存的敬畏中，刻画出一长卷相依为命、善良顽强、荣辱与共的底层生活图像，表达了“江湖之远”与“庙堂之高”的紧密关联。小说展示出中国从农业文明走向城市文明的裂变与迷茫！探讨中国传统文化与现代文明的交汇中，其民族精神与文化信仰的传承、走向与回望！《望乡台》规模宏大、气势非凡、语言精美，写乡村、写底层百姓，是民族心灵的清醒与抚慰。

《望乡台》出版后，被列入 2012 年首都精神文明建设大事记；2013 年，根据《望乡台》改编的同名电视剧本获北京首届剧本推优十佳优秀剧本；2015年，《望乡台》入围参评第九届茅盾文学奖；2017年，四川省文化厅、广播电视局与巴中市委市政府在成都联合召开《望乡台》研讨会。

全国各地读过《望乡台》的书法家，以西安现代书画研究院院长雷长安为代表的数十人为《望乡台》题写了书法作品。莫言称"《望乡台》是一部巨著"；新华社高级记者肖春飞报道"《望乡台》抒写了中国的百年乡愁，是继《红楼梦》《曾国藩家书》之后又一部传承中国家风文化的精品力作"；著名红学家李明新说"《红楼梦》写贵族生活，舞台是大观园，精雅细致，《望乡台》写乡村生活，宏阔粗犷，两部作品都触及人类精神，一样深邃和放达"；散文家余义林称"《望乡台》是中华文明的血脉"。著名作家、编剧石钟山慨叹"《望乡台》载述中国二十世纪一百年间的风雨，中国从农业文明走向城市文明的巨变中我们这个民族所展现的道德情怀"。

2021年，《望乡台》被北方工业大学中文系的师生们列为现代先进作家作品课题，设立课题小组进行研究。

2022年4月，作家出版社再版修改后的《望乡台》以八十八万字面世，据各方反馈的意见，较之于北京版，作家版的《望乡台》在结构上更加精致，语言也更有节奏，小说可探索的艺术空间也更加广阔。小说上市后两个月，进入全国销量前十，并进行加印是对这部作品的最好诠释。

本书将多个领域的专家学者对《望乡台》的研究评论和书法作品结集出版，供读者参考阅鉴。

部分专家学者评语摘录

《望乡台》全面展示巴蜀文化，希望社会各界共同努力，把这部作品打造成精品。

——罗增斌

（中共巴中市委原书记，《望乡台》成都研讨会上讲话）

《望乡台》故事情节的百年跨度，每个人物都体现了坚韧不拔的巴中精神。贯穿了正能量，主旋律。

——王琼

（四川省文化厅副厅长，《望乡台》成都研讨会上讲话）

《望乡台》通过基层人物反映大巴山百年巨变，也影射中国百年巨变，具有很深的艺术性和思想性。

——彭佳

（四川省广电局副局长，《望乡台》成都研讨会上讲话）

巴中市委市政府高度重视《望乡台》这部作品，我们请一些专家对其进行了研读，《望乡台》是大巴山亮丽的文化名片。

——涂虹

（中共巴中市委宣传部原部长）

社会各界的领导和专家齐聚成都，研究讨论赵伟先生的长篇小说《望乡台》，这是巴蜀文化的大事、喜事。大家畅所欲言，从不同角度不同层面分析解读了《望乡台》，充分展示了这部巨著的史学价值和文学意义。

——李明泉

（四川省文联副主席，四川省文艺家评论协会主席，

《望乡台》成都研讨会主持人）

《望乡台》，民族心灵的清醒与抚慰。

——张志忠

（著名文学评论家，首都师范大学文学院教授、

博士生导师，鲁迅文学奖和茅盾文学奖评委）

赵家四合院为保护周掌柜托付的皮箱，几乎导致灭门之灾，因国仪给周掌柜的一句承诺，三代人的命运在时代的风浪中起伏颠簸，反复被误解、被批斗、被折磨，德鹏甚至被逼上梁山杀人造反，但赵家最终把皮箱完好无损交给已成为国家高级领导人的周掌柜。《望乡台》的人物自始至终都体现了最为可贵的“诚信”品质，这在当前虚华浮躁的社会

风气下格外显示出这部作品的价值和意义。

——喻锫丹

（中国社会科学院中国社会科学出版社编审，中共中央马列主义研究院原经济组组长，历任《世界经济年鉴》总编辑、《中国横向经济年鉴》总编辑、《华人经济年鉴》常务主编、《世界经济文化年鉴》编委会主任、《经济文化》丛书主编等，《当代中国》编辑室负责人）

赵伟是我军艺文学系的小学弟，他第五届，我第三届。第三届起着承上启下的作用，对第一届、第二届比较清楚，对后来的第四届、第五届也十分了解。说实话，我真没想到赵伟能沉下心来，用三十年时间写出这部《望乡台》，更没想到读者对《望乡台》的反应这么好，评论家的评论这么高。我希望大家都来读读《望乡台》，读读中国二十世纪一百年间，中国从农业文明走向城市文明的巨变中我们这个民族所展现的道德情怀，读读中国最底层百姓面对灾难时守望相助患难与共的性格品质。

——石钟山

（著名文学家，剧情建构大师）

赵伟深爱《红楼梦》，他说《红楼梦》是汉文化语境里一座精致的丰碑，是安慰我们灵魂的精神家园。此言不虚，从他的长篇小说《望乡台》多处使用了《红楼梦》里的典故、语言、手法，从《望乡台》的开篇，我们就能读出曹雪芹对他的深刻影响。不同的是，《红楼梦》写贵族生活，舞台是大观园，精雅、细腻，精神深邃而放达；《望乡台》写特定历史背景下的农民乡村生活，舞台是巴中的大山大水，因而宏阔、粗犷，但是它所触及的人类精神，一样深邃和放达。

——李明新

（中国红楼梦学会理事，北京曹雪芹纪念馆荣誉馆长、原馆长）

《望乡台》的成功之处，是把新旧中国百年间的天地翻覆，缜密而鲜活地编织进了赵家人物的命运里。正是因为有了这百年历史的背景，赵氏家族祖孙三代的故事才有了深刻和灵魂，有了不同寻常的意义。

——余义林

（《文艺报》原副刊部主任，著名报告文学作家）

《望乡台》抒写了中国的百年乡愁，是继《红楼梦》《曾国藩家书》之后又一部传承中国家风文化的精品力作。

——肖春飞

（新华社北京分社原分管文化的副总编，

在《新华每日电讯》发文称）

四合院里的赵家人，无不以“孝”做人，德辉对父母的孝，体现在生活中的一言一行。子归出国多年，回乡后，第一个动作就是跪在奶奶面前一点一点仔细替奶奶清洗被裹的小脚。《望乡台》是大力弘扬“孝”的作品，孝是汉文化中最基本的文化基因，它成为社会组织结构中最基本也是最牢固的黏合剂和凝聚力。

——詹大年

（昆明丑小鸭中学校长，昆明市民办教育协会秘书长，中国教育学会教育策划学术委员，联合国教科文组织专家圆桌会议特邀专家）

《望乡台》抒写了中国乡村家族对人性和文化的坚守，展现中国二十世纪一百年这一时期中国的人性状态、家庭状态、社会状态。

——李媛媛

（《中国国防报》“长城”副刊主编）

《望乡台》是作者用近三十年时间创作完成的一部长篇小说，在中国当代纯文学作品中，亦属罕见。《望乡台》规模宏大，气势磅礴，语言精美，节奏跌宕，是中国当代小说传承古典文学的精妙回应。

——刘娜

（北京出版社《望乡台》责任编辑）

《望乡台》，一部厚重悲悯的人类心灵史诗。我相信好的小说肯定是诗歌精神的载体，《望乡台》亦如此。

——杨锋

（云南著名诗人）

《望乡台》，民族心灵的清醒与抚慰

张志忠

首都师范大学文学院教授、博士生导师

赵伟的《望乡台》，一百三十八万字，凡一百章，每章皆以乡谚民谣为引领，描写了二十世纪川中名为望乡台的乡镇上，赵氏一族数代人的人生轨迹。国仪与玉珍、德辉与树兰、子归与思凡，三代人的爱情婚姻，没有甜言蜜语，没有花前月下，更没有海誓山盟，但却患难与共，默默相守，在朴素中衍生一份生死相依的深情。他们的家庭生活被二十世纪的百年风云所裹挟：国共内战、抗日战争、解放战争、土地改革、开国大典、大炼钢铁、自然灾难、“文化大革命”、改革开放、乡村城镇化……众多历史事件被糅进最底层百姓的生活细节，时时闪动着大时代的风云变幻，又体现出山野乡村的自然生息，有丰富复杂的人性探索，也有婚丧嫁娶、赛龙舟、舞狮等浓郁的乡俗民风图画；有严酷的革命斗争历史和忘我的牺牲精神，也有深挚执着的爱情守望；有扑朔迷离的人物身份和神秘命运的传奇，也有对百年历史的回望与探寻。

《望乡台》规模宏大，气势非凡，具有浩大而充沛的生命元素，有厚重而久远的中国传统和乡村文化，尤其作品中灌注的、蓬勃的乡野气息和人性之美，对乡村命运和中国历史的关注和思考，都很有穿透力，在艺术描写和细节的营造、人物镂刻等方面，非常精心，取得了很大的成绩。

它所得名的“望乡”，表达了作者对于在现代化和都市化进程中，现代中国的社会变迁和乡土大地的风雨沧桑的深切思考，抒发了强烈的故乡意识，在当代人的生存空间日渐狭隘和隔绝、人们的心灵世界焦躁不安的普遍状况下，《望乡台》是一剂心灵的清醒剂，它抚慰读者的心灵，也唤起读者对精神家园、乡土传统的向往和寻找，使人们从现实的焦虑中解脱出来，得到内心世界的拓宽和镇静。

作品大气磅礴，语言精美，节奏跌宕，是中国当代作品传承古典文学的精妙回应，开章词似虚非虚，似实非实，亦真亦幻间将读者带入情节构建的世界中去。每一章用民谚和童谣生发，民谣中隐含的寓意，被现实生活所演绎并佐证，整部小说因此而呈现出历史的深邃和现实的神秘，既是过去对现在的时空呼应，又是现实对历史的文化传承。作品的结构艺术与思想厚度格外引人探索和思考。

作者通过对中国二十世纪一百年的解读，表达出对生灵的悲悯、对命运的咏叹、对崇高的虔诚、对人性的仰望，展示出中国最底层百姓时刻与国家命运紧密相连、甘苦与共、风雨同舟的厚德情怀。作者对百姓在油盐酱醋茶中一笑一颦的精心刻画与描写，正是对中华民族优秀品质凝重而深情的歌唱！作品从一个侧面展示出中国从农业文明走向城市文明的裂变与迷茫！探讨中国传统文化与现代文明的交汇中，其民族精神与文化信仰的坚守与挺立、传承与回望！

依照我多年的研究心得，和参加茅盾文学奖评选、阅读了上百部长篇的丰富经验，我认为，《望乡台》是一部非常出色的长篇力作。

写不尽的乡愁，记得住的乡愁

肖春飞

新华社北京分社原分管文化的副总编

2014 年 9 月 10 日北京：“记得住乡愁”——首都作家赵伟认为这五个字，非常契合自己创作一百三十八万字长篇作品《望乡台》的初衷。

生于 1972 年的赵伟，花了整整三十年时间来创作这部沉甸甸的小说。在 2013 年 6 月 19 日由北京市委宣传部、市文联主办的“讲好中国故事　传递正能量”北京首届剧本及曲艺作品推介会上，根据小说改编的五十一集同名电视剧本作为推介会十佳剧本之一，受到诸多青睐。

长篇小说《望乡台》由北京出版集团、北京出版社联合推出，共一百章，描绘了中国二十世纪一百年间，居于大山深处老官庙望乡台下四合院一个耕读世家——赵氏家族祖孙三代的多舛命运。作者力图在生活的艰涩与对生存的敬畏中，刻画出一群善良顽强、坚韧博大、勤劳勇敢、荣辱与共的中国百姓形象，不论经历多少磨难，总有人性的光辉温暖着生命，总有土地的宽大庇护着生灵。

“乡愁，其实就是对传统文化的记忆。探讨和思索中国从农业文明转向城市文明这一历史巨变中的人性去向和文化坚守，的确是我写《望乡台》的目的。”赵伟说。

在《望乡台》中，国仪终生坚守着对朋友的一句承诺，为保护周掌柜托付的皮箱，历经磨难，无怨无悔。玉珍帮助丈夫国仪坚守对朋友的承诺，至死不改。德辉历经世事磨难，却不改心中做人准则。树兰忠贞执着，美丽善良，孝老爱亲，相夫教子。子归和思凡逃离家园，流浪四海，却在岁月的轮进中，最终感悟并理解了生存的艰涩与沉重。此外，还有陈氏、青姑、德俊、麻女等众多人物，性格迥异，命运参差，不同年代、不同际遇、不同思想，黑与白、美与丑、善与恶、因与果，都在老官庙那座千年戏台上轮番演唱。

文学评论家张志忠教授认为，《望乡台》规模宏大，气势非凡，具有浩大而充沛的生命元素，有厚重而久远的中国传统和乡村文化，尤其作品中灌注的、蓬勃的乡野气息和人性之美，对乡村命运和中国历史的关注和思考，都很有穿透力，在艺术描写和细节营造、人物镂刻等方面，非常精心，取得了很大的成绩。

赵伟是四川通江的农家子弟，1990 年入伍，先后就读于解放军艺术学院文学系、北京师范大学中文系、南京政治学院新闻系，2009 年转业到首都精神文明建设委员会办公室工作。他是部队走出来的作家，先后著有短篇小说集《兵恋》、中篇小说集《营盘舞》、长篇小说《壁州兵事》、长篇报告文学《深圳武警》等作品。

“二十年前，我在军艺宿舍里用笔在格子纸上写下‘望乡台’三个字，是对亡母的追思，我没想到这部小说能写二十年，只是在写的过程中，随着年龄增大，阅历增多，对生活、对生命、对时间和空间的渐进理解而不断修改，才断断续续写了二十年。”赵伟回忆说。

《望乡台》出版后，在读者中引起热烈反响，从中国作家网为《望乡台》开辟的评论窗口可以看出，有人称它是一部“厚重悲悯的人类心灵史诗”，有人说“《望乡台》以一种淡定的姿态叙述惊心动魄的故事，对二十世纪一百年的解读，为后世留下一笔宝贵的精神财富，为后人研究二十世纪提供了最基层的图像和最深刻的人性”。

“作者对百姓在油盐酱醋茶中一笑一颦的精心刻画与描写，正是对中华民族优秀品质凝重而深情的歌唱。”张志忠评价说，“它所得名的‘望乡’，表达了作者对于在现代化和都市化进程中，现代中国的社会变迁和乡土大地的风雨沧桑的深切思考，抒发了强烈的故乡意识，在当代人的生存空间日渐狭隘和隔绝、人们的心灵世界焦躁不安的普遍状况下，《望乡台》是一剂心灵的清醒剂，它抚慰读者的心灵，也唤起读者对精神家园、乡土传统的向往和寻找，使人们从现实的焦虑中解脱出来，得到内心世界的拓宽和镇静。”

“文字失语”的当下，这部长篇小说何以被高校立项“母语文化”研究

张漫子　祁晨露

新华社记者

新华社客户端北京频道2021年9月14日　当“文字失语”成为一个越来越被重视的社会问题之时，北方工业大学一课题组立项研究母语文化在新时代的坚守与传承。

“70后”作家赵伟历时三十年完成的长篇小说《望乡台》一书由北京出版集团和北京出版社于2012年联合出版后，引起较大社会反响。该书被作家莫言称为“一部巨著”，被评论家张志忠评价为“规模宏大、气势非凡、语言精美，写乡村，写底层百姓，是民族心灵的清醒与抚慰”，从刻画乡村生活、百姓形象的文字中，透射出中国家风文化与母语文化的传承。

长篇小说《望乡台》共一百章，描绘了中国二十世纪一百年间，居于大山深处老官庙望乡台下四合院一个耕读世家——赵氏家族祖孙三代的多舛命运。作者力图在生活的艰

涩与对生存的敬畏中，刻画出一群善良顽强、坚韧博大、勤劳勇敢的中国百姓形象，探讨了中国传统文化与现代文明的交汇中，中国人如何坚守和传承民族精神与文化信仰。“乡愁，其实就是对传统文化的记忆。探讨和思索中国从农业文明转向城市文明这一历史巨变中的人性去向和文化坚守，的确是我写《望乡台》的目的。”赵伟说。

该小说呈现的母语文化议题近日被北方工业大学列为现代先进作家作品研究课题，开展专项调查研究。课题组负责人、副教授冯雷说，我们在社会变迁和文化自信背景下，聚焦《望乡台》呈现的母语文化议题，探讨研究母语文化在新时代的传承与坚守。

课题组张晨表示，《望乡台》中很多语言和结构取法于《红楼梦》，但与之不同，《望乡台》讲的更多的是人最基本的生存问题、做人的品质问题、处事的道德问题，“更多的文字篇章都是指向最底层的劳动者，这也就是，母语的最初关切”。

《望乡台》的一百章中每一章的开篇都有一首民谣。作家赵伟说：“民谣是古文化，是这个地方的历史，是我们思想的‘故乡’，而我的小说是现代故事，想用这种结构形成古今对应的效果，也是一种‘望乡’，‘文化望乡’。”

课题组认为，本书最想向读者传递的是对母语文化的敬仰与坚守。在新时代，母语文化的传承与坚守亟待引起全社会的关注。中华民族有着悠久、灿烂的历史文化，这是祖宗先辈留下的文化财富。在“百年未有之大变局”的形势下，传统文化在现代社会如何延续，如何发扬光大，如何与异国、异族文化融合、共生，这些都面临着各种各样的问题。研究者应当重视传统文化在世界范围的广泛传播与影响，要高度重视文化软实力在国家现代化建设和对外交往中的重要作用以及先进文化对中华民族实现伟大复兴的重要作用，把传统文化中的精华同马克思主义立场观点方法结合起来，坚定不移走中国特色社会主义道路。

也是“红楼梦”里人

李明新

中国红楼梦学会理事，北京曹雪芹纪念馆荣誉馆长，
北京曹雪芹学会原秘书长，北京史学会理事

赵伟属于一见如故的朋友，他的微信名叫“佛客”。鉴于他的公职，我曾善意地提醒他：“你就改了吧！”赵伟知道我在用《红楼梦》里人物的语言劝他，不由得会心一笑。

其实赵伟不信佛，因为他有政治信仰，但是赵伟的言行深有佛意，骨子里带着的东西，怕是改不了！只是我一直不明白这是怎么来的，直到我读了他用三十年时间完成的一百三十八万字、入围第九届茅盾文学奖评选、被评为北京首届“十佳”优秀剧本之一的长篇小说《望乡台》。

川中的大山里，一个名叫“望乡台”的地方，赵氏宗族三代人的爱情婚姻和家庭生活被二十世纪的风云裹挟，无论生活多么艰涩，条件多么艰苦，这一家人却始终不改对生存的敬畏，对生活的热爱，对真善美的追求。这段文字，是《望乡台》推荐参加茅盾文学奖时的专家推荐语。而我喜欢

《望乡台》，不是上述可以用当下最华丽的语言给予的评价，而因为它写人物命运的起伏跌宕，和人在时代大潮中的无奈，以及在无奈中执着坚守着的美好人性，这与《红楼梦》有着异曲同工之处。因此读他的《望乡台》，总让我联想到《红楼梦》。

《红楼梦》说到底，讲的是人物的命运，讲“无常”。人的命运中有不可控的东西，以及人被命运、被时代裹挟的挣扎、无奈、顺从，空即是色，色即是空，因空见色，由色生空。这里里外外、上上下下、远远近近转变幻化中的痛，被赵伟掂来弄去地折磨着读者，折磨着对生活有了历练和认知的人，折磨着对命运感到无奈的人。

赵伟深爱《红楼梦》，他说《红楼梦》是汉文化语境里一座精致的丰碑，是安慰我们灵魂的精神家园。此言不虚，从他的长篇小说《望乡台》多处使用了《红楼梦》里的典故、语言、手法，从《望乡台》的开篇，我们就能读出曹雪芹对他的深刻影响。不同的是，《红楼梦》写贵族生活，舞台是大观园，精雅、细腻，精神深邃而放达；《望乡台》写特定历史背景下的农民乡村生活，舞台是巴中的大山大水，因而宏阔、粗犷，但是它所触及的人类精神，一样深邃和放达。

《望乡台》开章词：玉皇问

时光正是春三月，桃红柳绿动人心。

日月如梭头上过，水暖风轻地动情。
自从盘古开天地，三皇五帝治乾坤。
神农大帝造五谷，造来五谷养万民。
轩辕老祖治衣襟，治得衣襟美人身。
伏羲仓颉修纲常，修正纲常立人伦。
前朝古人难表尽，朝朝皇帝朝朝臣。
文官捉笔安天下，武将提刀定太平。
文武百官居高堂，须得五谷养其身。
王侯将相多伟业，应知草民辛与勤。
随手一翻风雨过，梦到深处故乡明。
闲说一部望乡台，呈与列位看官听。

赵伟就这样开始了他的长篇叙事，就这样把生命的种子萌动破土时那种饱满、丰盈、壮硕、无坚不摧的力量埋下了。这不是《好了歌》的“好了歌”，这翻过个来的文字，是赵伟对世界的态度、对生命的态度。

赵伟在自序中说，《望乡台》三部：《祖事》《父事》《子事》，“我写了二十年，又修改十年。三十年，半辈人生。身边许多人事皆成荒冢。远方的乡土，只能或隐或现于我的生命和小说里”。“人，或许就是一段一段地活着，下一段旅程，不知遇到什么人什么事，产生什么情。锥心和舒心，终会变成一段经历，变成一段回忆。生离死别、婴嫁离散，乃至春夏秋冬、改朝换代……见了面，或熟视无睹，或相视一笑，都擦肩而过，成了对方眼里的匆匆过客！”

三十年的生命时光即为相视一笑和擦肩而过的瞬间，就是生离死别的瞬间，我想，这也是赵伟悟透和放下的一瞬——《望乡台》的创作，已经让作家赵伟涅槃重生了！

赵伟善用遮人耳目的手法来表达内心，也是从《红楼梦》里学习来的：“《望乡台》文稿原为赵氏一族家史，执笔者学粗识浅，不懂家史写法，把家史当家事，不忆祖先功业，却将祖父之辈如何生存度日写得细致入微，自称‘鄙视勾斗争夺，拒绝脂粉风花，远离王侯将相，不谈达官贵人，莫一字花哨，无半句玄虚！’”

家世是由家事构成的，赵伟用赵氏一族三代人的百余年家事构成了一部有着中国社会历史刻度的人间大剧。生生死死，天地轮回，因而由赵家家事累积成的家世，也在某种意义和范围里成为了“国事”和“国史”。而他的豁达通过人物的语言是这样表述的：“一辈一辈活着，老了，死了，把天地腾出来，给子孙们住，天理轮回。”

对《红楼梦》的摹写已经幻化成赵氏的笔墨：青石平面如镜，四合院走亲访友办男嫁女，进山出山都从这石上走过。石面有古怪符号，传为天书，祖上先人于梦中读懂字符，题目为“玉皇问”，内容竟是四山老幼都会传唱的童谣：“蚂蚁蚂蚁你好忙，爬呀爬呀去何方？我要爬上望乡台，去看家里爹和娘！”曹雪芹在《红楼梦》开篇，讲了一个神话故事：女娲补天时遗弃一块顽石在青埂峰下。因为经过了锻炼，这块石头灵性已通，又在经过人间历练一遭，遂把经历刻于石上，以警示后人，这就是《红楼梦》文字的来历。在赵伟笔下，川中的大山里也有一块大青石，上面的天书竟是讲蚂蚁故事的“玉皇问”。

蚂蚁是书中一个重要的意向，它，无数的它们，是从头爬到尾，源源不断，这生生不息的蚂蚁，是百姓苍生，是无尽的生命力，这也是赵伟心中的佛力！

书中的主人公国仪说：“草民百姓，就如地上的蚂蚁，再爬，也是故土难离。”但是这蚂蚁有着“山河国德大”“世代家品高”的境界。不论是周掌柜、施书记、段八、德俊这些推动历史行进的前辈，还是李红旗、黄晓红、赵默问这些革命后生，都在风云变幻中命运沉浮几多嗟叹，到最后，前者的身体借德辉的背篓从戏楼下逃生，后者的灵魂依托德辉的双手捧回故里。与之对应的，是麻女、李铁匠、徐屠户、白掌柜、王顺光、陈尚林、蒲秀芳、赵二姑这些与国仪、玉珍、德辉、树兰患难与共相扶相依的底层民众，无论天灾人祸多么剧烈，他们永远如山一般巍峨挺立坦然面对，并庇护着那些来来往往哪怕是曾经伤害过他们的政治过客！

赵伟用这样的方法告诉我们，他记录的就是作为百姓意向的蚂蚁的故事。这就是他的根，他的信仰。

“大青石旁生长一棵巨型古柏，说是老官亲手栽种，夜深人静站立树下耳贴树皮，能闻古柏细语，枝叶撑开如巨型大伞，罩护着望乡台整个山头。山头前是一道整齐石崖，名为回头，回头崖上雕刻着千尊石佛，丰水季节河面上升，过往船只在崖下歇息，烧香遥拜，又称回头崖为千佛崖。”这，不是《红楼梦》书里的，北京西山的樱桃沟里，有个奇特的景观，一块巨大的石头上生长着一棵虬劲的柏树，不知何年，一只小鸟在石头的缝隙里撒下一颗种子，这颗种子用它的蛮荒之力在风雨中发芽、努力活着、成长着。经过千百年日月精华的滋养，竟在石缝中长成一棵令人生畏的大树。在北京西山流传的曹雪芹传说中，正是樱桃沟里这个“石上松”的奇特自然景观，给了曹公灵感，由此幻化出宝黛的“木石姻缘”，可见赵伟不仅对《红楼梦》原著，对其作者曹公的生平也是下了功夫，且把这养分化作了自己的骨血。

再来说说“佛客”赵伟的宗教态度。作者借书中人物苦海的话：“佛是解脱，是宽容和轮回。如果真有佛，四合院咋可能会烧？好人咋可能会死？佛是四合院被烧之后的宽容和释怀，因此我们不再痛苦，那宽容和释怀就是佛。行善之人，指望来世，安心入眠，那就是佛。行恶之人，担心报应，终日惶恐，那也是佛……”

有人评价赵伟《望乡台》是一种歌颂，我觉得与其说他在歌颂，不如说他是悲悯，对，就是悲悯！知道其不可行而令其大肆行之，是一种梦幻般的理想，反映了赵伟在与命运交战中的倔强抗争与平和地接受。这就是他对待生命的态度，对待宗教的态度。

但是我们，都要活着。

努力活着，一辈又一辈地活着！

活着，便有母语。

活着，便有故乡。

故乡何处？生死归往。

《望乡台》，向故乡和母语致敬。

在我看来，赵伟活着就是修行，活着就要有一种生命的意义，就像那颗在石头上长成大树的种子，就像那在天地间慢慢爬行的蚂蚁，饱满地活着，和光同尘，生生不息。

色空色空，空即是色，色即是空。佛客赵伟，既是红楼解梦人，也是红楼梦里人。

乡史中人性和文化的坚守

——读长篇小说《望乡台》

李媛媛

《中国国防报》“长城”副刊主编

一

长篇小说《望乡台》用一篇开章词拉开序幕：“时光正是春三月，桃红柳绿动人心。日月如梭头上过，水暖风轻地动情。自从盘古开天地，三皇五帝治乾坤。神农大帝造五谷，造来五谷养万民。”几句七言，把变幻的时光和交替的历史搭成一条通道，让读者看见时空中那条遥远的来路。落脚两句“王侯将相多伟业，应知草民辛与勤”直接为小说点题定调。

继续阅读，身心不经意间已进入《望乡台》的世界里：青色的大道上，那匹白马，白马上长辫飞扬的少年国仪，带着读者从路的尽头——中国二十世纪初飞奔而来……

《望乡台》共一百章，每章皆以乡谚民谣为引领，描写了二十世纪川中名为望乡台的乡镇上，赵氏家族三辈人的人生轨迹。国仪与玉珍、德辉与树兰、子归与思凡，三代人的爱情婚姻和多舛命运。他们患难与共默默相守，没有甜言蜜语海誓山盟，只在朴素中衍生一份生死相依的深情。这份深情，在二十世纪的百年风云中迤逦前行：国共内战、抗日战争、解放战争、土地改革、开国大典、大炼钢铁、自然灾难、“文化大革命”、改革开放、乡村城镇化……翻天覆地的历史事件渗透到大山深处，把这些最底层的百姓裹挟着、撕裂着、考证着。

在《望乡台》的世界里，赵家三代经历了四次毁灭——帝制毁灭：长辫剪断，皇帝没了，百姓向谁称民？生态毁灭：树木砍光大炼钢铁，泥石流毁坏田园，颗粒无收，谁来拯救陷于饥荒的生命？信仰毁灭：“文化革命”，佛像砸尽，神庙烧绝，善恶无依，人心归向何处？道德毁灭：众生唯利是图，目无法纪，不择手段，礼崩乐坏，言行以何为准？小说以淡定的姿态叙述这四种毁灭，以虔诚的笔墨刻画其中的人性。用日常细节体现文化的宏大和人性的深刻，个人的命运与国家的命运交相辉映，读个人就是读民族，读家庭就是读国家。所记之时，所述之事，所著之人，呼之欲出，能触体温，能闻气息，恍如隔世兄妹回乡行走，历历在目——

国仪为保护周掌柜托付的皮箱，历经磨难，被打昏迷，十五年方才苏醒。玉珍相夫教子，侍奉长嫂，与丈夫国仪坚守承诺，保护皮箱，至死不改，用母爱感化和拯救乱世灵魂。长嫂陈氏在战火中眼瞎腿断，失夫丧子，与玉珍相依为命、情同姐妹。德辉作为国仪玉珍的长子，憨厚忠诚，孝敬长辈，历经磨难，却不改做人原则，极尽所能呵护危难中的生灵。树兰对丈夫德辉忠贞执着，美丽善良，孝老爱亲，温恭俭让，是玉珍的得力助手。七十年代后出生的子归，聪明勇敢，受西方思想影响，敢于抗争和宣泄，打架闹事，逃往国外，最终回归故乡。思凡年轻美丽，敢于叛逆，与子归未婚先孕，却对爱情和家庭充满渴望。德鹏聪明任性，胆大妄为，一颗正义之心却在时代的不断变化中渐渐扭曲，走向一条不归路。从战场回来的三名乡社干部，德余被德鹏逼死；马朝兴历经各次政治运动，最后却晚节不保因贪污判刑；许文生深信那只“皮箱”是国民党留下的机密，失手打残国仪，最终被德鹏复仇打死。早期神秘莫测的革命者也命运各异，任定山客死他乡，段八无果而终，周掌柜和青姑位居高位，任玉昆送父亲骨灰回乡安葬，却被活活打死……就连着墨很少的德俊和雷世杰，这一正一反的两个人物，其命运也令人惊心动魄：德俊回乡，被作为教改对象，谁知他竟是当年西路军的副军长！雷世杰烧毁四合院后，带兵投靠国民党，战败后乞讨回乡，却被四合院的子孙收留养老。

二

小说分三条线索平行展开：主线是国仪与玉珍、德辉与树兰、子归与思凡三代人爱情婚姻、多舛命运的日常生活；副线是任定山、周掌柜、段八、青姑、雷世杰、德余、德俊、马朝兴、许文生、德鹏、李红旗、黄晓红、赵默问等风起云涌变幻莫测的革命斗争和政治运动；第三条线则是麻女、苦海、佛知、李铁匠、徐屠户、陈尚林、王顺光、白幺女、赵简、小龙、小凤等各行各业的众生生活。三条线错综复杂，交织成一幅波澜壮阔的生活图景。

前十章中，《望乡台》呈现了一幅醉人的乡间图景：望乡台下，炊烟袅绕，山水如画，民风淳朴，极具古典之美的四合院里书声琅琅："天地玄黄，宇宙洪荒……"这飘荡在天空的童音，把读者带进传统文化的悠长回望里，直到第十五章，四合院毁于大火，在锥心的疼痛中，终于理解，这纯洁的读书声是对传统文化的深情绝唱。

毁灭人性的罪魁祸首是战争，《望乡台》第七章，对战争的描写，只有短短数行："只见满城炮火连天，杀声四起……人影飘动如魅，或冲锋奔跑，或倒地惨叫……宽大的车轱辘从还没有死去的人身上碾过……天空湛蓝，像一面镜子。"这面镜子，映照着大地上最惨烈的"恶"，也映照着望乡台下最朴素的"善"。

国仪、德俊送德余去壁州治脸，见识了这场战争，也带回了周掌柜托付的一只"皮箱"，正是这只"皮箱"，把中国惊天动地的革命和大山深处最底层的人联系起来，老百姓的命运与国家的命运从此紧密相连，相随相伴。这只

“皮箱”，成了众多人物命运生发的源点，也成了各种人性的“试金石”。

这些人物的命运，在第五十章中，由苦海向德辉做了预言：“父辈为人为事上可昭天下可鉴地。我们这一辈人，我最无能，不顾父母弟妹，遁入空门，古佛青灯了此一生。德俊大哥，我不敢妄评，德刚哥哥英年早逝，他若不死，必将光宗耀祖，名列千秋。麻女远嫁他乡，心比天高命如纸薄。这些弟弟中，德鹏胆大心狠，将来非英即枭，颇有任家山姥爷特性。四喜性情随和没有主见，是个乐天派。德辉，你最宽厚仁和忠诚老实，传承了祖宗做人的衣钵，乱世也罢，盛世也好，这些兄弟姐妹，都要仰仗你活着。”

当德辉从戏楼下救出周掌柜和施书记，送去空山坝赶回来，得知戏楼下捆绑的那个乞丐就是舅舅任玉昆时，一声长哭：“我要我的舅舅！”这一哭，哭得人肠断心碎。有网友说：“这不是德辉一个人的哭喊，这是一个民族的哭喊！”

《望乡台》里最神秘的人物当数青姑，这个曾在深山老林里放牛的女子，四合院被毁后，骑一匹白马离开望乡台，并从此成为神话般的传说。到第九十八章，她突然带着秘书回乡，并交代德辉：“死后与任玉昆同葬！”终生未嫁的青姑，一生为中国革命默默作出巨大贡献，最终回到故乡，才释放出她心中那份至死不渝的爱情。

等待青姑是玉珍一生的心病！六十年后，姐妹相见，玉珍一句：“死女子！……你这些年跑到哪里去了？……我在这望乡台下……等了你六十年……”这份终生不变的姑嫂情分，亦叫人泪水长流。《望乡台》所营造的故乡文化，所表达的人性坚守，在此达到顶点。

三

《望乡台》有四个人物的生命状态寓意深刻：山祖尚“道”，肉身消失灵魂永存；佛知归“佛”，灵魂消失肉身永存；国仪尊“儒”，被打昏迷，肉身灵魂俱在，却无法动弹；子归受西方思想影响，背叛祖宗，逃到国外，却茫然无根，最终回归故土。四个生命的不同状态，实际上是四种文化指向。

尤其是子归，更具现实意义：在中文系读书的子归，因闹事而逃窜出国，在异国他乡流浪数年之后，对故乡和父辈、对自己的母文化有了涅槃般的认识，第一百章：“小时候爷爷奶奶在月亮下讲的故事，渐渐在文字间鲜活起来，祖辈们的呐喊抗争、驰骋厮杀、忍辱负重，全是为了让后世子孙过得幸福！子归血液沸腾！经脉偾张！……那只小皮箱，静静地躺在玻璃罩里……子归趴在展台上，长久不动……泪水打湿了大片玻璃！”

有了这份认识，子归既不刻意“入世”，也不消极“出世”，而是积极地面对世界，面对生命，面对生存，但却多了一份仰望和敬畏。

曾在望乡台闹革命和上山下乡的李红旗、黄晓红、赵默问等一群知青，用自己的青春和生命为望乡台修通一条连接山外的公路，现代文明蜂拥而入，望乡台被市场化、商业化，农业文明一去不返。因此，子归说："望乡台再不是从前的望乡台，我祖辈父辈在这里发生的故事，虽与别人无关，却值得我这做子孙的终生铭记。……我把祖辈们从前用过的镰刀锄头、犁铧背架以及那些补巴衣服、手工布鞋，全部收集起来，做成一个农业博物馆。我的祖先毕竟依它们而生、傍它们而活，值得珍视。我还要在孔庙里办一个书台，让游人来听我奶奶和我母亲唱《十二月花》《月儿落西下》《十劝夫》《十劝姐》，闲来无事，我也可以给大家说说这望乡台的故事。"

望乡台的历史，能否得到传承，子归这一代需作出回答。

而子归之后呢？

小说结束写道：电视里，一匹白马从青色大道上跑过。邱比特高叫："I want to ride the horse to play！"与第一章第一句"青色大道上，一匹白马朝望乡台飞驰而来"遥相呼应。一百年前祖辈与之生存的那匹白马，如今已变成电视中的戏文，变成传说，变成了儿孙们眼中的游戏。四代人一百年的文字戛然而止，一声叹息！却又在叹息中看见了欣慰和坦然，看见了憧憬和希望。故乡的人性和文化，便以某种方式得到了坚守。

《望乡台》：对母语文化的致敬与坚守

北方工业大学当代文学先进作家作品《望乡台》课题组

导　　师：冯雷（博士，中文系副教授，硕士生导师）

执行采访：张晨（课题组组长）

被采访人：赵伟（笔名：佛客，《望乡台》作者）

采访时间：2021 年 8 月 15 日

采访地点：北京市西城区复兴门内大街 101 号南楼一层 S1-07

张晨：全社会正在大力提倡文化自信，习近平总书记指出：“文明特别是思想文化，是一个国家、一个民族的灵魂。”《望乡台》作为北方工业大学当代文学先进作家作品项目课题，其呈现的对母语文化的致敬与坚守，我们将进行深层次的探索和研究，以“学院派”的视角展示在社会变迁中，对母语文化的回望与思考。今天我们请到了《望乡台》

作者赵伟先生，请他谈谈关于《望乡台》创作的相关事宜。

赵伟： 大家好。

张晨： 您创作《望乡台》最初的灵感和动力是从哪来？

赵伟： 我们把这两个问题放在一起谈吧，《望乡台》是我在解放军艺术学院文学系上学时写的，算起来二十多年了。谈创作灵感和动力，首先要谈我的家庭。我出生在四川大巴山深处，“蜀道难难于上青天”，土地稀少，物资匮乏，生存条件非常艰苦，小时候我们整天都在寻食充饥，哪有心思读书？出路只有两条，一条考大学，另一条就是当兵。这两条路，是我们农村青年想要出来看世界的途径。

我考不上大学，所以当兵。当兵离家那年，我母亲的身体很好。但第二年，家里来信说她身体不好，我请假回去看望，我母亲已病入膏肓。农村医疗条件不好，再加上母亲十分节俭，其实家里也没钱治病，身体就拖垮了。

母亲去世两年后，我考上军校。大巴山那地方十分重视孝，一个人如果不孝敬父母，不管有多大本事，名声都不好，也会遭人唾骂。所以到军艺上学，大家都很欢乐，我却恰恰很悲伤。因为放了寒假，大家回家过春节看父母。我呢，我母亲不在了，她含辛茹苦把我养大，却感受不到我成功的欢乐和喜悦。因此，我就想写一部小说，来记载我母亲这一生，让我的后世子孙能看到，有这样一个勤劳、善良、坚韧的祖先。这是我写《望乡台》最原始的动力，其实质就是对亲情的怀念。怀念亲情是一个人最基本的人性体现。

那么，用什么样的题目来完成这部作品？在中国传统文化里，一个人死后，他的灵魂要过几道关，走奈何桥，喝孟婆汤，上望乡台，站在望乡台上，他要回望故乡最后一眼，之后就转世轮回。善者上天，恶者入狱。我就想，我的母亲一定也会站在望乡台上，最后望一眼故乡。她望见什么呢？肯定是她那故乡的高山长水，她的后世子孙。我写下了“望乡台”这三个字。

张晨：您谈到母亲，她是否对应着书中某个人物形象？

赵伟：小说里面“任玉珍”这个名字是我奶奶的真名。母亲“王树兰”，父亲“赵德辉”，都是真名，其他不是。

张晨：“任玉珍”这个人物贯穿全书，您能否谈谈这个人物和以您母亲为原型的“王树兰”？

赵伟：我母亲和我奶奶都信佛，佛教倡导人心向善，所以她们一生，从无害人之意，非常善良。不仅心地善良，性格还异常坚韧。生存环境对人性有着重要的影响。我奶奶裹脚，行动不便，因此想要让子女们生存下去，需付出更大努力。奶奶是旧时代的女人，母亲是新时代女人。这两代女人在人性与品质的传承上，进行了无缝交接。这就是我们常说的传承。这两位女人，实际上就是我们中国女性的代表和缩影。善良和坚韧其实是中国大地上的妇女，尤其是生活在最底层的妇女们都具备的精神品质。

张晨：您花了三十年来创作《望乡台》，请谈谈您创作的心路历程。

赵伟： 创作大致分三个阶段。第一个阶段是肤浅的白描式的写法，用笔和纸写，写了三十多万字，由于部队调动，断断续续写，前后连接很不顺畅。

第二个阶段是用电脑写，把笔写的三十多万字录入电脑的过程，发现人物形象、性格特点、小说结构、起承转合都不完整。随着年龄增长，阅历增多，对文学对人性的理解也相对深刻，在录入的过程开始修改，有些部分甚至重写。

第三个阶段，赋予作品文学思考。当时我负责写一部长篇报告文学，在深圳采访、考察九个月。改革最前沿带给我们的人性冲击、观念冲击，以至文化冲击，让我感受到完全不同的气息和氛围。我们的传统文化如何坚守？我看到深圳人对于外来文化的全盘接纳，许多优秀品质和传统美德在年轻一代身上彻底丢失。艰苦奋斗、勤俭朴素、善良坚韧等等，这些中国人几千年修炼而成的道德品质何去何从？

我从深圳回来，完成那部报告文学后，再来看《望乡台》，我就赋予了它一个文学命题：我们应当审视我们的母语文化。如果一个民族的母语文化消失，那么这个民族就没根了。我在原故事上赋予《望乡台》强烈的思想指向，完全抛弃个人情绪，把家族变迁赋予成道德审判和文化思索。最终成了如今《望乡台》的样子。

张晨：《望乡台》共一百章，每一章的开篇都有一首民谣，请您谈一谈使用这些民谣的考量。

赵伟： 这些民谣百分之九十是现成的，少部分是我根据民谣的体裁风格以及与文章内容契合创作的。民谣是古文化，是这个地方的历史，是我们思想的“故乡”，而我的小说是现代故事，想用这种结构形成“古今对应”的效果，也是一种“望乡”，文化望乡。

张晨：《望乡台》也可以说是巴蜀文化的整体再现，请您谈一谈您怎么解读巴蜀文化？

赵伟：巴蜀文化是中华文化的一部分。刚才提到奶奶和母亲的品质，勤劳朴实，坚韧乐观，忠勇谦逊。大巴山人史称“巴人”，在上古时期黄帝和蚩尤大战时，就提到巴人勇猛，“忠勇擅舞”。巴人一边打仗一边跳舞，用跳舞的方式来威慑对方。这种“既战且舞”的性格，与其说是不怕死，不如说是面对死亡所展示的乐观精神。乐观，是巴蜀文化又一个非常鲜明的特点。

巴蜀文化中的忠勇、坚韧、乐观、勤劳，与地域生存环境有关。生存条件恶劣，如果不具备这些品质，就生存不下去。巴人很少有遇到劫难大规模出逃的记载。也就是说，我祖上的这些人，再苦再难，也会坚守自己的土地，不会背井离乡。

张晨：乡愁在中国文化中是一个很常见的主题，有专家称《望乡台》是中国的百年乡愁。您能谈谈您对乡愁的理解吗？

赵伟：乡愁是我们汉族文化中最有特色的文化基因。叶落归根，体现的就是对故乡的一种情怀，其实就是在追求文化认同和情绪认同。为什么过春节就想回故乡？这种心理动力的实质就是寻求内心安定，而内心的安定，就是文化认同。

张晨：您是一位军旅作家，请谈谈您多年的军旅生活，对您创作的影响。

赵伟：这个影响非常大，许多人到军队后，都把自己锻炼得非常坚强。军队对军人的要求，实际上就是中华传统美德的要求。军人讲奉献，传统美德中奉献是重要的美德；军人讲纪律高于生命，中国的传统文化中历来推崇修身养性；军人讲家国情怀，我们的唐诗宋词歌舞传赋里，处处都能找到家国情怀。我当兵这二十年，首先是让我拥有一副坚强的体格，其次就是精神品质上的磨炼。

如果没有部队锻炼，今天回过头来看，能不能把《望乡台》写出来，不好说。因为中国媒体在最近三十年发生翻天覆地的变化，从收音机到电视，到网络媒体，再到QQ、微信，大家都在网上阅读，看纸质书的越来越少，使我在创作中产生过迷茫，这部作品写出来，有没有出版社出？有没有人看？正是在部队锻炼出的坚韧性格，最终把《望乡台》写完，定稿时一百三十八万字。

张晨：《望乡台》中也提到了许多家风家训，您怎么看待中国传统的家风家训？

赵伟：中国的家风家训是把为人处世的规范教导用亲情融合起来的文化单元。不同家庭有不同的家风家训，家风家训跟一个家庭成员受教育程度和人生经历有关，什么样的家庭环境，就会产生对应的家风家训。好的家训，这个家庭就兴旺发达；家训不好，就把子孙引上邪路，这个家庭肯定衰败。《望乡台》中，任玉珍为人处世的品德，传到王树兰这一代，再往后传，由于社会变动出现断层，到子归身上，他受改革开放和外来文化的观念影响，产生叛逆，后来又跑到国外，转了一大圈，把自己的文化同外来文化进行对比之后发现，还是自己母亲教他的做人做事的道理（这就是家风家训）最适合人生存。

张晨：这部书中您最想向读者传递什么？

赵伟：我最想向读者传递的，一是对母语文化的尊敬，《望乡台》表达了我对母语文化的敬仰与坚守。今天国家提倡文化自信，这一点做得是非常好。二是社会结构重组之下的人性去向，因为这一百年，中国社会发生巨变，我们这群人的人性去往何处？该怎样修行？我的祖辈们在社会变迁中坚守住了自己的本性，我们的后世子孙呢？

张晨：中国红楼梦学会理事李明新女士把《红楼梦》和《望乡台》做过对比研究，我们也看到这部作品中有一些向《红楼梦》致敬的地方，那么您怎么看待您的作品和《红楼梦》之间的关系？

赵伟：关系很大，我受《红楼梦》影响很深。《红楼梦》是汉语言文字学中一座无法逾越的丰碑，它为我们汉民族构建了一个心灵寄放的场地。

《望乡台》中很多的语言和结构都是取法于《红楼梦》，就是向《红楼梦》致敬。但这其中的区别在于，《红楼梦》写的是宦官家族的贵族生活，和我们最底层老百姓的生活关系不大。其他几部名著也一样：《水浒传》写了一百零八人替天行道，他们没有社会规则，遵循的是自己心中的道义，并且最终他们的道义也没有遵守彻底；《三国演义》讲的是战争谋略，是帝王将相的生活，和基层百姓也不相干；《西游记》是神话小说，它把"人性"写得更真，但仍然离最基层百姓很远。从这个角度看，《望乡台》讲的是人最基本的生存问题，做人的品质问题，处事的道德问题。也就是说，花前月下谈情说爱也罢，打打杀杀称王做帝也罢，飞来飞去拯救众生也罢，都只是个案，这些书里的这些人，都不事稼穑，不近炊烟，按我祖上的话说，他们不知五谷杂粮如何得来。他们口里的"春秋"不是土地上的"春秋"，都是闲书闲人。但是，古往今来，绝大多数的人，都是黎民百姓，都要面对最基本的问题：如何求食生存？如何为人处世？其实，在中国文学源头《诗经》里，对于文学的定义并非只是"闲人闲书"，更多的文字篇章都是指向最底层的劳动者。

这也就是，母语的最初关切。

（《望乡台》课题组成员：冯雷、张晨、金丽琦、李淦、刘宇阳、程绍航、宋昕宇、咸松平、张若琳，根据访谈整理。）

鲜活的民间百态　深厚的文化记忆
——论《望乡台》中的民谣

张晨　冯雷

《望乡台》可谓是赵伟近年来最有分量的一部作品，洋洋洒洒一百三十八万字，向人们展示了在巴蜀大山中望乡台下的四合院里，赵氏祖孙三代跨越百年的生活。著名学者张志忠盛赞："《望乡台》是一剂心灵的清醒剂，它抚慰读者的心灵，也唤起读者对精神家园、乡土传统的向往和寻找，使人们从现实的焦虑中解脱出来，得到内心世界的拓宽和镇静。"特别值得关注的是，《望乡台》共一百章，在每一章的开头都有一首简短的民谣，还有一些民谣则穿插在作品的叙事中，这些民谣虽然不是作品的正文，但却又与小说的内容遥相呼应，从侧面反映出广大劳动人民日常生活中所包含、体现的母语文化。这些民谣可谓是《望乡台》重要的"副本"，值得人们特别关注。

民谣，是民间风俗、习见的体现，鲜活而生动地记录、表达了民间社会的喜怒哀乐，民谣的传播大多依靠口口相传，人们往往在固定的节日或特定的场合演唱、说唱民谣，传唱过程中民间艺人不断加工、修改民谣，因此同题、同曲民谣又往往衍生出不同的版本，它们像大江大河的众多支流一样，一代一代共同流传下来。所以民谣包含了丰富的社会历史信息，是宝贵和鲜活的文化记忆。

所谓“文化记忆”，用德国学者扬·阿斯曼的说法，是以文化为载体的记忆，它是长时性的，指向遥远的过去，形成一个历史的时间轴，不仅融合历史与未来，还可以兼容时间和空间。例如《望乡台》第十一章前的《三月三》：“三月三来花满天，三人结义在桃园，弟兄徐州来失散，何年何月又团圆。”这首民谣讲的是刘关张三兄弟在桃园结义，又在徐州失散，一句“何年何月又团圆”倾诉的是别离后的相思之情，而这一章的内容讲的也是赵家四合院在一场大火之后，幸存的德俊与骨肉兄弟德刚失散，不知何年何月再相见。民谣与故事情节相呼应，真实的历史往事和虚构的故事虽然有所不同，但人物的相思之情是共通的，每当人们遇到这种兄弟情谊或许就会想到桃园结义吧，而民谣则把这种情感的共鸣通过说唱的方式抒发了出来。

《望乡台》中的民谣形式多样，内容非常丰富。

小说第二章中，山祖离世后，其子国文为祭奠、告慰山祖而演奏了山祖生前最喜爱的谣曲，这就是作品中的《劝世》：“劝世人，莫欺心，欺心夜里睡不稳。劝世人，莫作恶，作恶良心受蹉磨。劝世人，要行善，行善子孙保平安。劝世人，要修德，修德做人才明白。”想必这也是山祖这样的先人、前辈生前恪守、同时也是最希望后世子孙能继承下去的精神遗产。所谓“劝世”，指的是规劝、诫勉世间众生要守正、行善。这首《劝世》正是从“莫欺心”“莫作恶”“行善”“修德”四个方面，教导人们不但在处事上要“行善”“莫作恶”，而且在内心的修为上也“莫欺心”，要注重“修德”，可谓是内外双修。而这种价值观念和长久以来形成的儒家思想是深深相通的，《论语·学而》篇里讲：“为人谋而不忠乎，与朋友交而不信乎？”“莫欺心”的道理和这个是一致的。《论语·颜渊》篇讲“崇德、修慝”，而《劝世》中的“修德”“行善”其实也是这个道理。当然，两相比较也不难发现，《论语》更善于做思想工作，孔子大多通过循循善诱的方式引导人们去思考、去反思。而民谣中的道理则往往和朴素的伦理、道德观念结合起来，直接给出一个边界较为清晰的价值观念。例如第十三章中的《酒色财气歌》，其中的喜好大多和佛家的戒律相吻合，可谓是佛教思想本土化的民间记录，并且对“酒色财气”的讨论又兼取了儒家的中庸之道，“过犹不及”的尺度意识在其中体现得非常明显。这也正体现出民谣作为“文化记忆”所包含的丰富的社会历史含量。

民谣版本众多，其中包含的思想是非常驳杂的，良莠不齐。《望乡台》中的民谣显然是经过赵伟细心选择的。事实上，相比较于流传下来的民谣，逐渐消亡的民谣可能位数更多。而之所以有些版本的民谣能够不断流传下来，一个重要的原因便是这些民谣所宣扬的道德观念积极、健康、合理，更具有普世性。例如《望乡台》第五十六章中的民谣《十劝姐》，“一劝姐，初当家，莫学当初在娘家，月亮溜儿月呀，支人待客分上下……十劝姐，莫作恶，恶人还有恶人磨，月亮溜儿月呀，哪有恶人无奈何”。相对应的，一同出现的《十劝夫》，“一劝夫，莫嫌妻，戴花要戴头一枝，月儿弯儿月，这山高来那山低。……十劝夫，听我言，知心话儿说不完，月儿弯儿月，人不值钱话值钱”。在《望乡台》里，这两首民谣也正是在树兰和德辉成亲之日，众人在吃酒席之时，由请来的唱班所唱的。前者是对女性的婚前教导，后者则是对男性的婚前训话。两首民谣合在一起便是针对夫妻双方的一番婚前教育。这一番开导用今天的话讲，就是“凡是多从自己身上找原因”，这和所谓的“三纲五常”截然不同。

当然，民谣不只是道德教化的内容，还有记录人们生活、习俗的内容。例如第五章前的《收麦歌》：“咣咣过活，割麦插禾。推米磨面，擀面烧馍。快收快割，不受饥渴。”这首民谣展示了收麦时的场景，也表达了广大劳动人民最质朴的愿望，即通过自己的劳动填饱肚子。而在小说里，望乡台的人们了解到南昌起义后时局动荡，赵氏四合院里的众人也对未可预知的社会变动而感到忐忑不安。只不过，生活还要继续，大家照旧织布耕作，守望着自己脚下的土地和家园，土地是祖祖辈辈的生存依赖，世世代代勤劳耕作为的就是过上“不受饥渴”的生活。当然，这些民谣大多又由生活情景而上升到价值观念的层面。例如第二十七章中的《十月怀胎》：“一月怀胎在娘身，无踪无影又无形，犹如田里浮萍草，不知定根未定根。二月怀胎在娘身，两脚无力路难行，新接媳妇脸皮薄，孩儿在身难知音。……娘在房中叫肚疼，一阵痛来痛难死，二阵痛掉十二魂。娘奔死来儿奔生，只隔阎王纸一层，王母打开金成数，母子跳出鬼门坑。”小说里，玉珍难产，昏迷三天三夜，被一声春雷惊醒后，众妇人去看望，大嫂陈氏有感而发所唱。这曲民谣唱罢，勾起了女人们的怀胎感受，人人眼含泪花。这首民谣描写的是母亲十月怀胎的艰辛过程，非亲历者恐怕难以体会。所以不难想象，当母亲听到这首民谣的时候，会感慨自己十月怀胎的不易，更加爱护自己的孩子；当丈夫听到这首民谣的时候，会感慨自己妻子十月怀胎的不易，更加珍视、疼爱自己的妻子；当孩子听到这首民谣的时候，会感慨自己母亲十月怀胎的不易，会更加孝顺母亲，听母亲的话。

民谣大多体现出鲜明的地域特征，是民风、民情、民俗的“活化石”。《望乡台》所择取的民谣，大部分是在巴蜀地区流传，例如第九章前的《响鼓》和第六十五章前的《打花牛》便主要反映了当地百姓的生活。所以，这些歌谣可谓是农耕文明的一个缩影，是母语文化的珍贵载体，是文化记忆的重要显现。

而《望乡台》民谣的意义远不止于此。晚清、五四以来的一百多年间，由于激进思潮的深远影响，现代社会与传统文化之间形成一个醒目的断层，承载着深厚传统的母语文化渐趋边缘，这已然引起了许多人的关注，从官方到民间也采取了许多措施。但问题仍然在于，如何应对“现代”对“传统”发起的挑战，如何应对“全球化”对“本土化”的冲击。

小说中的赵子归对现实生活以及传统文化都曾有过质疑，机缘巧合之下得以游离美、加、英、法等这些所谓的发达国家，但是总找不到一个适合他停留的地方。而最后他归国时，去机场接他的人问道：“外国的月亮是不是比中国的圆？”赵子归惭愧答道：“年轻不晓事。”当他读到记录父辈们历史的《回忆录》的时候，小时候爷爷奶奶在月亮下讲的故事，渐渐穿越时空在脑海里鲜活起来，他慢慢领悟到先辈们的呐喊抗争、驰骋厮杀、忍辱负重，全是为了让子孙过上幸福日子。一幕幕场景在他的脑海中一再浮现，不由得让他热血沸腾、经脉偾张、热泪盈眶。最终，当他回到家之后，见到自己的父母和孩子，听到那首《玉皇问》后，他的内心安定了下来，漂泊的灵魂也最终找到了归宿。这个过程，外在的是人物半生飘零的经历，而内在的其实正体现了文化认同。扬·阿斯曼曾谈道，个体对某个集体或文化的归属感并不是自动生成的，也就是说集体认同感并不是天然和必然的，每个人都会受到文化与社会的影响，个体意识要转变成集体认同感要么需要借助例如仪式等外部手段，要么需要通过亲历、比较不同类型的社会形态及生活方式，然后方可意识到这种归属感的存在。而民谣的吟唱正是民族内部凝聚向心力的一个重要仪式，“非我族类”是很难参与其中、乐享其中的。由此，人们其实更应意识到民谣对强化我文化身份认同所起到的重要作用，而这也恰恰是民谣的现代意义，是民谣沟通时空的特性所在。

围绕“民谣”，我曾专程采访过《望乡台》的作者赵伟，他谈道：“这些民谣百分之九十是现成的，少部分是我根据民谣的体裁风格以及与文章内容契合创作的。民谣是古文化，是这个地方的历史，是我们思想的‘故乡’，而我的小说是现代故事，想用这种结构形成‘古今对应’的效果，也是一种‘望乡’，文化望乡。”由此可见，这些民谣虽然不是作品的正文，但它们的确承载了作者本人的许多文化思考、文化期待。而这些厚重的品质恐怕也正是《望乡台》值得重视的原因之一，作品对于唤醒人们对母语文化的神往和关注，对人们重拾文化自信、坚守母语文化都有着不可估量的价值和意义。

远望当归，高悟归俗

——《望乡台》作者作品漫谈

昇 琪

散文作家、《人民文学》杂志社编审

佛客（本名赵伟）的一百三十八万字的长篇小说《望乡台》（北京出版社、北京出版集团 2012 年联合出版），十年后被北方工业大学文法学院中文系列为专项课题研究。课题负责人文法学院中文系副教授、硕士生导师冯雷说：“全社会正在大力提倡文化自信，习近平总书记指出：‘文明特别是思想文化，是一个国家、一个民族的灵魂。’《望乡台》表达的对母语文化的致敬与坚守，就是文化自信的强烈发声，它在中国当代文学作品中独树一帜，我们将进行深层次的探索和研究，以‘学院派’的视角展示在社会变迁中，对母语文化的回望与思考。”

作品被高等学府作为课题研究，通常标志着它成为“现象级”，何况是一部十年前出版的作品。我说：“这可是作者莫大的荣幸，是多少作家梦寐以求的荣耀。”佛客笑了：

“曾经有喜欢《望乡台》的朋友给我来函商讨成立‘《望乡台》研究会’，被我委婉拒绝了。”佛客担心“有太多的商业气息”。

山野里生长、军营里成长，造就了佛客非常率真豪爽的性格。

“文学是我那条活路的线索”

大巴山中的巴中市通江县，虽然贫穷却赫赫有名——它是中国工农红军第四方面军的根据地、全国第二大苏区。曾因偶然机会，我从（陕）汉中抵达（川）巴中。越野车在山路上疾驰，沿途风景奇美，一条河流始终缠绕着公路，美得让我意乱情迷。大巴山这么美！给我留下了难以磨灭的记忆。在巴中一个小镇上，我们发现街道石板、民居墙壁上，残留着许多二十世纪三十年代“闹红”时的口号标语，想起当年巴中只有十三万人口却有八万子弟参加红军，我肃立在那些口号标语前，久久不忍离去。

在这种山野气息和人文环境里，二十世纪七十年代，一个乳名叫“讨口”的孩子出生了。“讨口”意为“乞讨一口活路”。因为讨口的两个姐姐都没养活，父母生怕养不活这个儿子，于是以这种方式乞求上苍给孩子一口活路。刚出生的讨口半个月不睁眼，母亲以为是天生瞎子，坐月子期间哭得落下一身病痛。后经游医指点“用舌尖舔眼睛”，母亲便从早到晚抱讨口于怀中舔润两眼，当讨口终于睁开双眼，母亲喜极而泣。佛客对母亲感情极深。

“初中二年级，我写了一首诗，不过十行，大致内容是我骑在牛背上，双手捧一支竹笛，夕阳下山我吹笛，蚂蚁青蛙蝴蝶都到路边听笛声……这首诗发表在我们县的文学刊物《通江文艺》上。”佛客说。他非常感恩《通江文艺》主编，是这位老师把他引上了文学之路，当这位老师去世时，他特地从北京赶回老家悼念。

“我这一生，一直都在敲门，我很早就自己讨活路，人生一路走来，一步步敲开求学之门、入伍之门、升学之门、就业之门、晋升之门。当然，我也要敲开文学之门、心魂之门，同时敲开是非之门、对错之门、黑白之门……我在属于自己的这条活路上一路敲过来，却无人听见。”佛客说。

我问：“文学只是你生命的一个片段吗？”

“不！”他回答得很坚定，“文学是我那条活路的线索，它陪伴我一起去敲所有的门。”谈到文学的话题，他的双眼明亮起来，“有媒体采访我时问我的文学观，我说我是一个现实的唯美主义者。”

接兵干部看中了他的“豆腐块”

农村孩子的前途出路基本上只有两条：考学或参军。佛客从小就有英雄梦，他当然想从军。然而他遇到了小人作梗，好在他天生胆大，自己径直去找接兵干部，诉说当兵的愿望和写作成绩。对方很感兴趣，到他家里看了他发表的“豆腐块”，尤其是看了他的散文《秋之歌》参加全国中学生作文比赛的获奖证书，毅然拍板要定了他。

不到十七岁，佛客离家从军，两年后母亲病故。母亲英年早逝给他的心灵留下了永远的隐痛。

佛客到了青藏高原当上了汽车兵，因为他的文学才华，后来调到政治处写新闻报道和做文化管理工作。军旅生涯锻炼了他的体格，也磨砺了他的意志，使他从此精神强悍，不论经历什么样的风雨，都能够承担和面对。1993 年 6 月，佛客被《解放军文艺》借调到北京工作，1993 年 8 月，他再次遇到生命中的贵人，顺利考入解放军艺术学院文学系。考上军艺文学系更加壮大了他的文学梦。

佛客的短篇小说集《兵恋》、中篇小说集《营盘舞》、长篇小说《壁州兵事》，以及他的其他军旅作品，全都只围绕两个元素展开：“兵”和“军营”，无处不在的军旅情结和人文情怀，使佛客的军事文学作品既充满阳刚之美，又飘荡着浓郁的人性温情。评论家张鹰评论佛客的军旅小说：“如同在漫天飞雪的世界进行了一次情感的漫游，尽管粗犷、凛冽的雄风不时在你心中卷起阵阵冷寂，甚至不由自主地战栗，但就在这样的冰封雪飘的白色世界里，人与人之间那份灼热的情感却化作股股热流，冲击着你那曾被冰雪冻结了的心扉。”

一座“望乡台”芳草遍野鲜花开

参加新中国成立五十周年阅兵筹备工作后，佛客转业到北京市委宣传部工作，先后参加汶川大地震新闻报道工作、新中国成立六十周年宣传工作，曾获“新中国成立六十周年宣传工作突出贡献奖”，被评为北京市优秀公务员、《党在百姓心中》优秀宣讲员，荣获“校外教育先进个人”“建党九十周年宣传工作先进个人”等荣誉称号，成为宣传思想战线的先进个人，《中华英才》对他进行了长篇报道，团中央以“身影人物，榜样力量”——榜样人物大型影视系列专题《身影》对他进行了在线访谈。

事业上取得了成就，佛客感到欣慰，但他心底里还是有些怅然若失，对故乡巴中的无限思念，时时萦绕在他的心头，那是他的情感故园、灵魂祖地和文化根脉。

中国历史是一部“你方唱罢我登台”的历史。每一次的社会重组就像一次重新洗牌，在稀里哗啦中铺展出各种人生走向。佛客写《望乡台》，就是对人们精神去向的关注。

《望乡台》描述了二十世纪中国帝制、生态、信仰、道德的毁灭与破坏，佛客的着力点在于探讨现代文明和城市文化的全面侵逼下，中国几千年以来形成的农业文明和传统文化何去何从，而所有的文化与文明落脚到具体个人，便是他人性的反应。这种人性，在社会秩序重新组合的“毁灭与重建”中，必然千姿百态。

“临高台，望故乡。地千里，天一方。极目外，空茫茫。孤云飞，不我将。安得羽翼西南翔。”

从在军艺文学系宿舍里用圆珠笔在方格纸上写下力透纸背的“望乡台”三个字开始，到一百三十八万字“巨著”面世，整整二十年过去了。二十年磨一剑，砺得梅花飘香。《望乡台》拥有与众不同的独特风格，民族精神与文化信仰、政治演变与历史沧桑、山川风物与民风民俗，在这部长篇力作中交织并存，作品元气淋漓、笔力纵横、气势雄大、气象峥嵘、内涵深刻。佛客的这座“望乡台”，正如川陕交界的巍峨大巴山，既有坚硬的石头，又芳草遍野鲜花盛开。

《望乡台》是佛客饱含深情的怀乡之作，是他对革命先烈的致敬之作，也是他迄今为止的“巅峰之作”。《望乡台》是佛客向故乡和母语的深深致敬。他看见故乡的高山长水、青瓦炊烟，他看见浓浓的乡愁、慈祥的父母、人间的恩爱……

《望乡台》多次写到去外婆家。因为某种原因，讨口直到六岁才第一次去到外婆家——《望乡台》里这样描写外婆第一次见到外孙的情形：“抱在怀里，一个字也说不出，眼泪从脸上漫下来……”母女情深骨肉分离与人伦秩序天道纲常，也是《望乡台》中浓墨重彩的一笔。最为感人至深的是曾经的讨口、后来的佛客对母子情深的详尽描写，让许多读者泣不成声。

远望可以当归，高悟可以归俗

著名评论家张志忠评价“《望乡台》规模宏大、气势非凡、语言精美，写乡村、写底层百姓，是民族心灵的清醒与抚慰”；新华社高级记者肖春飞报道“《望乡台》抒写了中国的百年乡愁，是继《红楼梦》《曾国藩家书》之后又一部传承中国家风文化的精品力作”；著名红学家李明新说“《红楼梦》写贵族生活，舞台是大观园，精雅细致，《望乡台》写乡村生活，宏阔粗犷，两部作品都触及人类精神，一样深邃和放达”；著名作家、编剧石钟山慨叹“《望乡台》载述中国二十世纪一百年间的风雨，中国从农业文明走向城市文明的巨变中我们这个民族所展现的道德情怀”。

荣誉之路同时也是荆棘之途，《望乡台》声誉日隆，而佛客也从血气方刚到双鬓染霜、从意气风发到“差点出家”，好在他最终没有忘记自己肩负的责任和使命。

通过《望乡台》，我看到作者丰富的心灵，看到作者的善良顽强，看到作者高远的家国情怀，看到作者从“看山是山，看水是水”到“看山不是山，看水不是水”再到“看山还是山，看水还是水”高悟归俗的心灵轮回。

此刻，首钢园区的北京冬奥会倒计时钟跳动的数字，不断提醒我们北京冬奥会正疾速向我们走来。作为北京冬奥组委的普通一员，佛客珍惜在这里工作的每一天，当下他希望用心做好每一项工作，为这个双奥之城增光添彩。他更希望有一天，用手中的笔呈现出五彩的新北京新冬奥。

“人，或许就是一段一段地活着，下一段旅程，不知遇到什么人什么事，也不知会产生什么情。生离死别、娶嫁离散，乃至春夏秋冬、改朝换代……无论锥心或舒心，终将变成一段经历一段回忆。见了面，或熟视无睹，或相视一笑，都擦肩而过，无非成为对方眼里的匆匆过客。”这个貌似“匪气”的硬汉子，其实有一颗多愁善感的心。

无论远方的乡土，还是眼前的生活，以后我们都去佛客的文学作品中解读吧。

《望乡台》：中华文明的血脉

余义林

报告文学作家、《文艺报》副刊部原主任

在有史记载的人类四大文明中，只有中华文明历经沧桑而未间断。中华文明像一条长河，土未能挡，山未能隔，五千年奔流至今。而与中华文明几乎同时诞生的其他人类文明，如产生于美索不达米亚平原两河流域的古巴比伦文明、尼罗河流域的古埃及文明和生发在印度河流域的古印度文明，尽管也曾伟大辉煌，却都已经消失不见，空留下壮美的断壁残垣供后人凭吊。

那么，在这个星球上，在这绵延数千年的人类历史中，同是灾荒、战乱、外族入侵，同是风霜、雨雪、岁月坎坷，为什么只有中华文明能够延续不断，薪火相传？

赵伟的长篇小说《望乡台》，仿佛给出了一种答案。

深远的立意

《望乡台》由北京出版集团、北京出版社联合出版，一百三十八万字，共一百章。拿在手里沉甸甸的，可谓鸿篇巨制。通篇的故事围绕一处院落展开，一处居于大山深处的四合院——在川北一个叫老官庙的地方，在望乡台下耕读世家赵氏的四合院里，赵家祖孙三代的四十几位人物，在这里演绎着生生死死悲欢离合。在普通的老百姓看来，这些故事太过寻常。中国大地上有千千万万这样的人家，都是这样过着他们世世代代的日子，有啥稀奇呢？每天的柴米油盐、日出日落，年年的婚丧嫁娶、春种秋收……不过是一部中国农民的生活缩影而已。再具体一点说，无非就是生活在大巴山口的一个农民家族的群像。

但是，如果把视角拉远一些，把发生在赵家的故事，放在中国二十世纪的一百年间，放在中国从旧到新之巨变的背景下，就明显有些不同了。毋庸置疑，二十世纪是中国风云激荡的时代。这一百年，有积贫积弱、遭受八国联军侵略的伤痛，有反抗列强、震撼世界的辛亥革命的壮举，有中华民国的创立，有中国共产党的诞生，有浴血十四年的抗日战争，有气势磅礴的解放战争，更有新中国的成立以及以后的种种不平静的岁月：工商改造、三年自然灾害、十年“文革”、改革开放、港澳回归、城镇化进程……回顾发生在这九百六十万平方公里土地上的百年沧桑，可以说，每一段时空都惊心动魄，每一步都走得地颤山摇，甚至每一个瞬间、每一寸山河都可以写出一部好小说。何况，作者是把这百年间的天地翻覆，缜密而鲜活地编织进赵家的人物命运里呢？正是因为有了这样的历史背景和时间跨度，赵家的故事显然被赋予了不同寻常的意义。抑或可以说，所有的命运跌宕，所有的牺牲，所有的困顿和坚守，所有的快乐与扬眉吐气，在与这一百年的中国紧密勾连之后，才鲜活和深刻了起来。作者通过中国最底层百姓的悲欢和命运，折射出了国家和民族在一个世纪里的巨大变迁——这种深度，不得不让你扼腕感喟，掩卷沉思。

那么，如果我们把视角拉得再远一点，把赵氏家族命运放在中华文化发展的历史链条上看呢？你会发现，就像在你的镜头前忽然加了一个广角：视野突然开阔，容纳骤然剧增。你会看到，那奔腾的大巴山、浩荡的通江河尽收眼底，每一个人物和故事也更加清晰立体，他们所在田野村庄，方正的四合院，高高的望乡台，滚滚的望娘滩，其坐标也愈发精确：他们所做的一切，既是中华文化长河里的一朵浪花，也是中华文化生命链上完美的一环。他们是中华文化的接受者，更是传统文化的传承者。于是，小说中那些惊心动魄的故事，那些可歌可泣的人物，都可以换一种眼光重新定义——赵国文的文化道统，赵国仪和玉珍的坚守承诺，赵德辉与树兰的温良敦厚，赵德刚的壮烈牺牲，赵默问的因公殉职，赵子归的迷途知返等等，还有与他们相关的任定山、段

八、青姑及一众人物，都在传统文化的映照下具有了某种典型意味。他们以及他们的生活情态，似乎也凝聚成典型场景，成为跳荡在中华文化乐章中不可或缺的音符。尽管，放在中华文化的大背景下，赵氏家族不过是一个极其微小的亮点，但正是这样无数亮点的汇集与连接，让我们明白了中华文化生生不息的原因所在。

与古埃及、古印度和古巴比伦等文明不同，中华古老的文明一直立足于民间。其他古文化的核心是国王及统治阶级的宫殿、坟墓、城市及贵族文化，而只有中国，将传统文化核心以诗书礼仪、音乐文字、宗族管理等方式，深深地植根于民间，代代衍生。到现在为止，中国最基本的社会组织单位，仍旧是家庭、家族、部落村寨，据说从伏羲时代开始就形成了婚姻家庭制度。所以，没有共同的民族文化核心以及道德规范，家庭和部族之间的关系无法维系，家族也就谈不到生存和繁衍。而在《望乡台》的叙述里，读者会由衷感到中华文化是幸运的。书中对道德的传承、对人性的讴歌、对崇高的礼赞、对命运的咏叹，无一不承载着我们文化的内涵，我们民族的血脉！甚至，站在《望乡台》的节点上，你可以上溯过往的五千年，也可以展望未来的五千年，为中华文化的绵延不断尽情歌与呼。因为，赵伟已经通过他的这部作品生动地告诉我们：只要有这片土地在，中华文化的根就一定在；只要有中国人在，中华文化就不会断绝。因为，它已流淌在我们的血液里，刻在我们的骨头上。它就是我们的命啊！

古老的歌谣

据说赵伟的这部《望乡台》写了二十年。从一百三十八万字的篇幅来看，他创造了长篇小说中少见的体量。但是，我认为这部小说的“拿人”之处，并不完全在其一百章的规模和浩浩荡荡的文字，而是每章的民歌民谣。小说在每章的篇眉上，皆以乡谚民谣开头。翻开新的一章，总有几行生动短小的楷体字，成为这一章的引领。“蚂蚁蚂蚁你好忙，爬呀爬呀去何方？我要爬上望乡台，去看家里爹和娘！”“哭的哭来笑的笑，搭伙去赶老官庙。老官庙的戏楼上好热闹，哭的哭来，笑的笑。——《望乡台·哭笑》”“太阳落山四山黑，四山金鸡把翅拍。金鸡拍翅天还早，黄鹞扇翅天要黑。——《望乡台·太阳落山》”……如果说仅有少数几首民谣，估计还不能让人产生太深的印象，而整整一百章的一百首民谣，就不能不让人体会作者的用意了。

“川人能歌”，这是大家公认的事实。生活在大山深处的人，由于地理环境和经济形态的相对封闭，以歌言志以歌传情，已形成相当古老的传统与生活习俗。不过，不要小看了每首只有短短几句的歌谣，它们往往反映着民族的历史、文化、思想、信仰、伦理、道德、情感，甚至生活与生存方式的方方面面。歌谣中包含着世代相袭的思想和行为规范，一辈辈人口口相传。像这种“大郎爷，二郎爷，不怕本事大，就怕良心灭。——《望乡台·大郎爷》”的短歌，与其说是民谣，不如说是祖先的教诲，是传统文化的精髓。赵伟显然知道歌谣之于传统文化的重要，在构建他小说的架构时，为这些音乐的精灵留下了最明显的位置。他将家乡的古老歌谣收集起来，活泼泼地写在了每章之前。一百首歌谣，对于一部宏大的长篇小说来说，可能算不了什么，但它们却像一双双明亮的眼睛，提升了整个章节的“颜值”，像一朵朵开在山间的野花，带来了不一样的芬芳。

不仅如此，赵伟还在小说中时不时插入一些俗语、格言、俚语、诗词等，内容也相当广泛，与日月山川、风土人情息息相关。它们在书中起到了“点亮”作用，不仅让阅读变得充满节奏感，而且能让人在不经意间，忽然就眼前一闪，感到了一种传统的光芒。更不用说他还非常灵动地描写了舞狮子、赛龙舟等民俗民风的种种细节，浓郁的地域特点，传统文化的厚度，都跃然纸上。

从人们都熟知的“川江号子”就可以判断，川人是一个离不开歌声的民族。而赵伟把父老乡亲的歌谣如此隆重地写进《望乡台》，本意可能是充分展现民族的历史与文化，并证明这些古老文化有着绵延不绝的生命力。但其实，这些古歌带给我们的思索是多维度的，已经超越了单纯的歌谣以及文学本身。

象征的意义

《望乡台》的核心场景，就是那座四合院——老官庙望乡台下那座砖木结构的古老院落。赵家的四兄弟都生活在这里，国文、国章、国礼、国仪，除了远走的青姑和早殁的桃花，这座四合院就是赵氏的大本营。我以为，这座院落被作者赋予了非常强烈的象征意义。

在小说的一开始，四合院规模宏大，气势非凡，充满浩大而充沛的生命力量。这个时候的四合院，是赵家世代繁衍的载体，是厚重而久远的中国传统文化的一个符号。但从二十世纪伊始，中华民族就遭遇了历史发展的低谷，四合院也开始陷入风雨飘摇之中。开篇的桃花之死，老太爷山祖的迷踪，给四合院蒙上了一层阴霾。随着故事的发展，四合院也变得不再祥和太平，这显然也寓意中国社会动荡不安的危局。直至在抗日战争的背景下，浩大的四合院竟然惨遭火焚，赵家也亲人离散，院落的破败隐喻着旧中国黎明前的黑暗，这种氛围和节奏安排得非常到位。

新中国成立后，国家发展也并非一帆风顺。这时候的四合院，固然是重建了，固然也焕发着蓬勃的乡野气息，显示出了不同以往的生机，但也仅仅是恢复了解放前破败后的元气。望乡台下，依然寒鸦社鼓，四合院也还在那个位置，其外观并没有显著变化。此时作者的笔调是平静的，他的四合院也不动声色，一直到改革开放。

改革开放后的中国，才真正走上了国富民强的发展道路。经过半个多世纪的探索和颠簸，我们终于踏上了新的历史起点。中国共产党人为探寻中国特色的社会主义道路，走得是多么坚定艰辛，又是多么自信自觉。正是基于这种宽广的视野和深刻的认识，作者不断在作品里添加着时代色彩，赵家的后代为官从政者有之，下海经商者有之，出国留学者有之，立足家乡开拓未来者更有之。而在望乡台被开辟成国家公园，四合院也成了古民居代表建筑之时，你再来看他笔下是怎样描绘四合院的：

“吊脚楼下，有九级阶梯，青石做成，精巧细致。阶梯一级一级地升上去，升到一个圆形的大红门下。从石梯一步一步地登上，就站在大红门外了。红门虚掩着，一股温馨雅致的气息从门缝处飘散出来，一缕一缕地扑面而至。大门上安有两个青铜兽头，兽头上衔挂兽环。轻轻地叩响兽环，门吱呀一声打开，抬脚进去，就进到四合院里。四合院的天井是纯色的青石地板，水磨结合，光滑如镜，在清丽的阳光下泛出一片淡青的光。清丽耀眼的阳光将四合院照耀着，站在院中，便恍然如在云端。四合院的点点滴滴都在阳光下发出醉人的色彩。四合院的瓦带着粉红花纹，似一片一片的桃花花瓣覆盖在房上。十八根大红柱子整整齐齐地排列在四面，每根柱子下都支垫着一个雕刻精细的石礅，石礅分四面、八面、十二面，每一面上都雕刻着一个遥远的故事：有盘古开天，有精卫衔木，有嫦娥奔月……四合院的正面坐北朝南，左右厢房，南面则是吊脚楼，四面相接处各有一个转阁。堂屋处在正北的中间。堂屋的左右各有九道窗棂，窗棂上是工匠们手工雕镂出的各种花式和图形。堂屋里供奉着四合院祖宗的牌位，牌位前是不熄不灭的香火。香火上的青烟，在静静地飘荡。”

如此高大壮观的院落，如此美丽迷人的院落，如此安静恢弘的院落。四合院早已不是小说开始时的样子，它是那么典雅堂皇，充满着中华气韵，显示着民族活力，焕发着不老的青春！

看到这样的四合院，你想到了什么？看到这样的四合院出现在全书的第九十九章，出现在二十世纪即将结束、人类将迈进新千年的时候，你想到了什么？其实，答案是不言自明的。新世纪开始的时候，也恰是中国人民信心满满、众志成城的时候。因为彼时我们已经明确了中国将要开启的发展模式。这就是立足我们的基本国情，坚持改革开放，建设社会主义市场经济、社会主义民主政治、社会主义先进文化、社会主义和谐社会、社会主义生态文明，促进人的全面发展，逐步实现全体人民的共同富裕。中国已经进入全面建设小康社会的新阶段，这是十几亿人的共同愿望，是中国人民的历史选择，更是实现中国梦的必由之路。

被作者大事渲染的四合院，在旅游事业中大放异彩、随时代潮流惊艳亮相的四合院，在此刻已经成为实现中华民族伟大复兴的艺术象征。

云间瑞气三千丈，地上春风十二时。看完厚厚的一部《望乡台》，看到四合院从完整到破损、从浴火到重生、从平凡无闻到声名远播的历史，我们有什么理由不相信，中国一定会强大起来，中华文化一定会延续下去？中国人民要建设一个富强、民主、文明、和谐、美丽的社会主义现代化强国的梦想，谁又能阻止呢？

民族美德的当代箴言录

——《望乡台》中的家国情怀初探

金丽琦

北方工业大学中文系学生

所谓“望乡台”，指漂泊在外地的人无法返回家乡而不得不登高回望故乡的高台，后来逐渐被演绎成为鬼魂回望人间的地方。所以看到“望乡台”三个字，人们或许会联想到传说的奈何桥，即阴阳过界之地。赵伟积二十年之功完成的这部长篇小说何以要冠以这样一个名字呢，作者想要表达什么呢？这些当然还要从小说本身去找寻答案。

赵伟的《望乡台》全文共一百章，洋洋洒洒近千页。小说取景于二十世纪初的中国，以望乡台下四合院子孙的成长为线索，讲述了赵家几代人的生活。作品同时还埋着一条暗线，就是周掌柜托付给国仪保护的皮箱子，也正是这个皮箱子使赵家人与波澜壮阔的中国革命进程紧密联系在一起。小说里人物众多，情节错综复杂，但又都围绕着中华民族的传统美德而展开的。这些美德当中首先包括守护家园的爱国主义，比如小说里在望娘滩上打鬼子的情节。其次体现在玉珍等人物上，还包括善良、朴实、勤俭节约的民族性格。再次还包括以“修齐治平”为代表的人生信条、人生哲学。

《望乡台》中的“修齐”思想

《望乡台》以国仪骑白马入四合院告知大姐桃花之死为开端，作品描绘了一幅又一幅诗中有画、画中有诗的乡村田园风光。比如第一章中写到的，“太阳从望乡台后面的火峰山升起，晨光清亮、金光万道，普照山河”，“阳春三月，桥前的桃林里桃花开放似火”，“山民耕作，渔翁钓鱼，纤夫们歌唱”，这是以国仪一路骑马而过的周边为视野描写风土人情，读之不禁让人想起陶渊明笔下的“有良田美池桑竹之属”“黄发垂髫，并怡然自乐”。但作者很快便笔锋一转，小说情节紧接着就围绕桃花之死展开，颇令人触动的是国文的一句话：“退万步说，桃花又不是雷世杰推下崖去的，只怪她自己气量短小，心胸狭隘，复仇二字，从何说起。”亲妹妹遭人非礼而死，饱读诗书的国文竟愿以和为贵，大事化小、小事化了。引人深思的是，四合院祖祖辈辈熟读圣贤、礼义仁和，那何以桃花会走上不归之路？显然，在这里那些纲纲常常的封建思想成了人物命运的桎梏。

二十世纪初，面对愚昧和麻木，鲁迅弃医从文，在“铁屋”之中发出“呐喊”，无论是在现实还是小说当中，总会有一批新人砸烂命运的枷锁、起而抗争。在《望乡台》里便顺理成章地出现了德刚怒打雷世杰的情节。德刚的出场是作为新思想的萌发来表现的，小说里他剪掉了受之父母的长辫，象征着清朝统治的结束，也暗示封建愚昧的思想将要革除。站在历史的高度来回望历史，我们自然很容易得出这样的结论。但是对那些裹挟在历史洪流中的人来说，如何修身自持却不是一个能够轻易回答的问题。回到小说里，极"左"时期佛居寺被砸毁，这给玉珍等人带来巨大的震撼却又深感无奈，或许当人们深信的东西得以崩塌，他们会觉得万念俱灰，信仰破灭，当老一代的传统认知面对外来的新思想新观念，他们的态度又将如何，又将如何守望那朴实无华、诚信至上、孝廉和谐、仁义荣辱、勤俭节约的家风？这些问题，在赵伟的《望乡台》中皆有迹可循。

在接下来的情节中，德余摔马治脸，国仪陪同去壁州，偶遇周掌柜好心帮忙，危难之际，周掌柜托付皮箱子给国仪，而后续的一切都围绕这个皮箱子展开。在这里，皮箱子里装的到底是什么真是吊足了人的胃口，引人入胜。在千钧一发之际，国仪始终坚守承诺，不见周掌柜誓不交出，他把箱子藏在自己家里，但老三德鹏通过孩子意外地发现了箱子，国仪将孩子暴打一通，只为教训、告诫孩子，别人交付的东西不能乱动。随着箱子的解密，国仪一家惨遭批斗，却绝口不言箱子之事，即便遍体鳞伤、家庭离散仍毫无怨言。孔子曰："人而无信，不知其可。"可以说国仪的经历正体现了这样一种平凡而又崇高的品质。

《望乡台》的结局让人感到五味杂陈、一言难尽，正如童谣所说的那样，“哭的哭来，笑的笑”。国仪从意气风发的少年变成耄耋年迈的老翁，从这个角度来说，《望乡台》是一部以个人经历为主线的成长史。但同时《望乡台》又好似一部讲述沧桑变迁的地方史，老官庙由交通闭塞的村落变成交通便利的广纳县。国仪苦苦守护着皮箱，终其一生无怨无悔。陪伴、守候四合院的玉珍，勤俭持家。玉珍也与国仪同甘共苦，相濡以沫，尤其让人印象深刻的是，无论在何时何地，她都要整理自己的头发，一丝不乱，所谓处变不惊大概也就是如此吧。有人说“夫妻本是同林鸟，大难临头各自飞”，但国仪和玉珍却患难与共，不由得让人想到元好问“问世间情为何物，直教人生死相许”的感慨。可以说，国仪和玉珍完美地诠释了东方式的爱情观，无论怎样都尽力维护着自己的小家庭，从这个角度来说，他们不仅是爱情的典范，更是中国“齐家”思想的典范。

《望乡台》中的家国情怀

特别值得注意的是，《望乡台》中许多人物的语言可谓怨中藏爱，只听陈氏骂调皮的德鹏“狗东西”，玉珍思念青姑骂道“死女子”，不难体会，这样的责骂让人心里油然生起一股暖意；每每读到玉珍、赵二姑、蒲秀芳三人在一起调笑时，都会让人感动不已。人物的这些语言中带着嗔怪与包容。国仪、玉珍一家遭逢大火，陈、王两家纷纷前来慰问并帮忙搭建草棚；在闹灾荒之时，玉珍仍念及陈、王两家恩情，把得来的粮食分给两家。正所谓“一方有难，八方支援”，而这其实也是我们民族性格的重要侧面，其中蕴含的不仅仅是同情与关怀，也包含着与苦难和不幸相抗争的铮铮铁骨。唯其如此，前面所提到的人物之间善意的责骂才更突显出邻里互助、家庭和睦的可贵。小说里塑造了许多模范的夫妻、恋人，比如国仪与玉珍、德辉与树兰、德余与米医生、马朝兴与冉老师、李红旗与黄晓红，他们在动荡建设时代相爱，但因为各种各样的情况，他们当中有的人劳燕分飞，尽管如此，他们却都忠实于自己当初的选择、忠实于自己的家庭，为儿女遮风挡雨。他们的经历一样体现了人情美、人性美。

读罢《望乡台》，让人印象深刻的还有其中浓厚的人文气韵。细数起来，望乡台、老官庙、望娘滩、任家山、四合院、空山坝、佛居寺，这些不仅仅是故事发生的场所、背景，而且同时也如同一个个人物一样参与到叙事中来，是作品不可或缺的重要部分。四合院的牌匾、佛居寺的菩萨塑身、农耕田作的方法与工具、二十四节气的颂歌、哭嫁的礼仪和风俗、哭丧送礼的人情和世故，还有书中妇女们吟唱的歌谣、男人们打气插秧的插秧歌……无一不洋溢着人文气息。在这样的语境中，他们苦苦求索改变自身命运和国家前途的道路，最终坚定地选择了共产党及其领导下的革命斗争。小说中，周掌柜是最先成长起来的一批地下党员之一，他默默地为革命事业作出贡献，即便是遭到批斗，仍不忘初心，到空山坝教孩子读书认字，在艰苦的生活中泰然处之、自得其乐；西路军首长德俊，因在祁连山痛失队友而自责多年，他自言愧对战友却无愧中央，决计不能尽忠便回家尽孝，终身未娶妻。屈原在《离骚》中写到“亦余心之所善兮，虽九死其犹未悔”，千百年来，这种追求已经内化为中华民族最基本、也是最核心的价值观之一。周掌柜和德俊正是这样忠于信仰、矢志不渝的典范。

还有德刚，他离家出走，再回家时已是冰冷的尸身。德刚人如其名，刚毅有血性，正因为这样的性格，他坚定地选择入党，在战场上保卫祖国、保卫亲人，从出走的那一刻他就知道前路艰险但却不为所动。

又如任玉昆，返回家乡后先是被当成乞丐，随后又被李红旗和德鹏当成特务痛打，幸好被善良的德辉救下，浑身是血的玉昆得知近在眼前、喂自己酥肉的就是玉珍，但又怕自己连累姐姐所以不敢相认。姐姐就在眼前喂自己吃酥肉，也许这对玉昆来说，是最大的安慰了吧，任玉昆作为中共地下党员潜伏多年，归乡后除了姐姐的那碗加了蒜苗的酥肉之外一无所有，但对他而言，这或许也足矣吧。玉珍带着任定山的骨灰和玉昆整整守孝三年，任定山曾多次请示中央公开党员的身份，但当时局势不稳，中央决定让其继续开展地下工作。所以，至死他们也没有公开身份，更没有被追认为烈士。该如何来评价他们的功绩呢？面对这样的问题，语言的确显得非常苍白无力。

再如那位坚韧沉静如水的姑娘青姑，她一生为革命事业奋斗，终身未嫁，痴痴地等那个爱吃酥肉的少年来迎娶自己，即便等不到了，她也不卑不亢，默默做好自己的事，劝诫后人，国事与家事不可分割，有大家才会有小家。无论是德刚、任玉昆父子还是青姑，他们忠于自己的理想信念、忠于自己的组织和事业，他们延续了千百年来“国家兴亡，匹夫有责”的担当，不能不让人心生敬意。

人类文明无一不是依傍着江河而形成；“逝者如斯夫，不舍昼夜”，这些大江大河浸润着一代又一代人的心田，拉开了历史星河的序幕。在赵伟笔下的《望乡台》中，就有那样一个河滩，名曰望娘滩。望娘滩是连接望乡台和壁州城的一个点，任定山、佛知在此抵御外侮、拼死打仗，河滩上沉积下零零星星的子弹壳便是历史的见证，许许多多为保卫家园而战死的灵魂安息在这里，所以望娘滩不仅见证了战争的残酷和生者无尽的伤痛，而且还见证了中华好儿女是如何守卫着自己的家园，即使血洒疆场也在所不惜。因而“望娘滩”三个字品咂起来就让人尤为触动，“望娘滩、望娘滩”，只能远远地望着自己的娘亲，却永远无法再扑到娘的怀里。当然，想必娘亲也会为自己治国平天下的儿女而骄傲的吧。

结　语

“蚂蚁蚂蚁你好忙，爬呀爬呀去何方？我要爬上望乡台，去看家里爹和娘！”这首童谣几乎贯穿全文，读起来朗朗上口，有一股浓浓的思乡情怀。从小说的主旨来看，这首歌谣也可看作是真正进入故事、理解作者的一条密径吧。

《望乡台》是一部具有丰富阐释空间的作品，小说以艺术化的方式再现了中华民族浴火重生的艰难历程，同时也集中展示了具有民族特征的优秀品德和价值追求，所以从这个角度来说，《望乡台》不啻为一部当代的喻世箴言录。

书不尽的民族记忆，道不完的百年乡愁

——《望乡台》简评

谭 笑

北方工业大学中文系学生，曾在《天津诗人》等发表评论文章

“临高台，望故乡。地千里，天一方。”久成不归或流落他方的古人常在望乡台上诉说对故土的眷恋。就连神话传说里的亡灵，也要登上望乡台回望，与前世今生做最后的告别。在中华民族传统文化中，望乡台始终是一个带有浓烈乡愁气息的意象。作家赵伟用一部《望乡台》向读者呈现了他的世纪回望和百年乡愁……

这部长篇小说描写的是二十世纪一百年间发生在大山深处一座四合院里的故事，围绕赵家、任家、陈家等几个家族几代人的悲欢离合，讲述了农耕文明向现代城市文明转变的历史过程以及人们的思想、生存状态。国仪、玉珍夫妇一生坚守对周掌柜的承诺，保护周掌柜托付的皮箱，无怨无悔。后代德辉与树兰继承了传统家风和父辈身上的优秀品质，虽历经磨难却不改心中的处世信仰和做人准则。子归、

思凡——一群新时代的年轻人打破传统、背井离乡，但经历了世事变迁、命运沉浮，最终也参悟到生存的不易。还有一些形形色色的人物，段八、青姑、赵默问……每个人都是历史大转折的亲历者、见证者，也是历史的推动者，在二十世纪百年风云变幻中，他们的命运与生活沉淀，凝结成了中国乡村百年巨变的缩影。

《望乡台》向读者展现了大时代背景下一群底层百姓的生存状态和命运起伏。时代的变化牵动着每个个体的命运，几代人的宿命以及经历的困苦和悲剧更多是来源于面对时代所产生的无力感。《望乡台》的故事构架和格局无疑是宏大的，但值得注意的是，在中国当代文学中这样宏大背景的作品有很多，许多作者热衷于塑造伟人、英雄，平凡人物、普通角色几乎无一例外地都沦为配角，乃至龙套角色，因而不光是那些作品中时代变迁、感时伤怀所渲染的悲壮浓烈略显空洞疏远，更重要的是那些作品似乎无法回答究竟谁才是历史的创造者，无法将逻辑与历史相统一落在纸上。而《望乡台》则恰恰从普世的价值观出发，真实可信地还原了那个动荡、变迁的时代下几个家族、几代底层人民命运的跌宕起伏，这也正是作者赵伟的创作初衷：“我也是想为中国最底层的老百姓树碑立传，想写这个大时代里的小人物的命运。”同样，每一个看似单薄、渺小的个体也都是一个时代、一段历史的缩影。作者在开章词中写道：“《望乡台》文稿原为赵氏一族家史，执笔者学粗识浅，不懂家史写法，把家史当家事，不忆祖先功业，却将祖父之辈如何生存度日写得细致入微，自称‘鄙视勾斗争夺，拒绝脂粉风花，远离王侯将相，不谈达官贵人，莫一字花哨，无半句玄虚’！”柴米油盐、婚丧嫁娶，这些看似平淡、琐屑的日常家事累积成了赵氏一族的家史，家长里短中渗透着百年激荡与时代变迁。一部部家史缜密地编织在一起，便构成了波澜壮阔的国事和国史。作者遵循这一理念，使国事与家事紧密串联，将发生在赵家的故事嵌入二十世纪新旧交替、风云变幻的大背景之中，以严肃却又质朴的口吻向世人传递了上个世纪的时代、社会风貌和以大巴山为缩影的中国乡村的百年沧桑巨变。

老官庙四合院中的人们偏居于大山深处，与外界交流时要面临难以逾越的空间阻隔，长期以来的与世隔绝造成了这里人们精神和思想上的封闭。对于面朝黄土背朝天的农民来说，“乡下”“土地”“庄稼”早已成为他们精神上的依傍，是生命中不可分割的一部分。但是，二十世纪是历史上重要的转折和变革时代，帝制终结、国共内战、抗日战争、解放战争、土地改革、大跃进、自然灾害、“文化大革命”、改革开放、乡村城镇化……众多历史性变革如同一个个潮头一样纷沓而至，现代文明以俯冲的姿态闯入古老的乡村，彻底打破了属于边地传统乡村的宁静与悠然，一系列剧变使得原本世代以耕种为生的庄稼人被迫卷入时代的浪潮。当汽车、飞机开进了深山，当见证了千百年农耕文明的镰刀锄头被收集进农具博物馆，当新思想狠狠地冲击着世世代代信奉的理念，面临着环境与精神双重困境的普通百姓该何去何从？农业文明如何向现代城市文明转型？动荡、变革之下的社会个体会有怎样的精神与人性去向？对于这些现代文明进程中不可回避的问题，一个有着大巴山生活经历、心心念念钟情于故乡的作家很难熟视无睹。“不同的文化地理，对作家的生命感觉和写作形态起了不同的模塑作用，作家的地域情感对其文学写作有着不可或缺的作用。”这也使得赵伟宿命似的成为远去的农业文明的追忆者。他用一部《望乡台》对传统农耕文明进行了深刻的现代性反思和追问，并借用书中主人公的身份表达了自己的领悟。

《望乡台》中，国仪、玉珍一代代表着传统社会的劳动人民，他们面对环境的变迁和命运的不公，从不怨天尤人，内心的做人准则也未曾有过丝毫动摇。他们安分守己，不争、无求，坦然、恬淡地面对变幻无常的生活，以自身独特的方式消解重重巨变带来的苦难。这种为人处世的品德延续到德辉、树兰这一代，但再往后，由于社会变动出现断层，到子归、思凡一代人，深受改革开放和外来文化观念的影响，他们对于一些传统理念和旧的思想产生了反叛和抗拒心理。伴随着精神上的迷失、困顿，他们逃离了这片世世代代得以安身立命的土地，以一种无畏和不自知的心态去探索他们的新世界。但兜兜转转一大圈，增长了阅历也沉淀了心性，再来看这个世界，他们却发现从前自认为是束缚的家规家训和长辈言传身教的道理才是做人之本、生存之根，无论社会形态如何转变都不可抛弃，理应血脉传承。

所谓传承，是望乡台老官庙下祖祖辈辈人信仰的传统，是熏陶、规范了一代又一代子孙的家规家训，是从父辈身上一脉相承的精神品格，亦是萦绕在耳边、流淌在血液里的古老民谣……

“蚂蚁蚂蚁你好忙，爬呀爬呀去何方？我要爬上望乡台，去看家里爹和娘！”（《望乡台·玉皇问》）“哭的哭来笑的笑，搭伙去赶老官庙。老官庙的戏楼上好热闹，哭的哭来，笑的笑。”（《望乡台·哭笑》）……作者在每一章都以一首短小精悍的民谣开启全篇，一百章，一百首民谣，勾勒出了一个质朴、鲜活而又极具地方特色的老官庙、四合院。民谣，虽然只有短短几句，却足以将一个地域的历史渊源、风土人情、文化信仰、伦理道德展现得淋漓尽致。百余首民谣，生动、立体地再现了扎根在那片土地的最底层劳动人民及其千百年来的生存状态和生活全貌。作者将这些民谣巧妙地融入创作，这本身也是对于民族传统文化的传承。故事中，牙牙学语的孩子甚至都可以哼唱几句民谣，民谣在这一次一次不经意的歌唱声中，得以世代流传，生生不息。作者赵伟也在以一种属于自己的方式将这些古老的歌谣继续传唱。他曾说：“民谣是古文化，是这个地方的历史，是我们思想的‘故乡’，而我的小说是现代故事，想用这种结构形成古今对应的效果，也是一种‘望乡’，文化望乡。”在《望乡台》中，无论是情节的设定，还是民谣、乡谚、俚语的运用，无不流露着作家对于母语文化的关切和坚守。作者有意识地赋予《望乡台》一个文学命题——审视我们的母语文化，守住民族的根。纵观整部作品，我们不难看出作家对于文化传承的强烈责任感和使命感，这也使得《望乡台》成为一部有着深刻社会意义的文学作品。

张志忠先生曾用一番妙语评价该书：“《望乡台》是一剂心灵的清醒剂，它抚慰读者的心灵，也唤起读者对精神家园、乡土传统的向往和寻找，使人们从现实的焦虑中解脱出来，得到内心世界的拓宽和镇静。”在高速发展的现代社会中，人们往往将目光的焦点放在身前的道路，习惯放眼未来，却忽视了身后曾经走过的道路，而作者赵伟恰恰弥补了这一缺憾，选择以一种“回望”的方式探寻他所生活过的土地。“望乡”不仅仅是对于那片故土的回望，也是对即将逝去的乡土传统和精神家园的回望，还是对二十世纪百年历史的一个回望。肖春飞先生称赞《望乡台》抒写了百年乡愁。这乡愁是厚重的，它早已超越了个人化的情感，在这份乡愁背后承载着波澜壮阔的社会内容，具有强烈的历史感和沧桑感。

中国自古以来便有安土重迁的思想。作家蒋韵在《我们正在失去什么》一文中提到：从文学的角度看，中国传统文学对世界最独特的贡献不是关于苦难、爱情的表达，而是将乡愁和巨大的生命悲情高度意象化、象征化，成为整个民族灵魂的印记。《望乡台》——浓浓乡愁的载体，寄托了作者对于故土的眷恋，也将属于我们民族的记忆重新唤醒。

让心头留存一丝温暖

——《望乡台》创作谈（一）

赵 伟

《望乡台》出版后，接到很多朋友的电话，问我："为什么写这么长的小说？谁看？"

的确，在写作过程中，我也不断地问自己，眼下，多媒体并存，众生目不暇接，忙于奔波，谁在看书？这样的大部头，出版社能不能出？追问的结果是伤感的。伤感之后却并没有放弃。原因很简单，每个人都有自己的目标追求和价值取舍。我坚持不懈地写作《望乡台》，主要是一种感恩心理。创作的过程，就是对过去的时光进行一次回顾，对祖辈的一次怀念，这份怀念，让我在忙碌中心存一丝温暖。

我从大巴山深处走到北京，这一路，是文学引领我前行，是文学给了我一碗饭吃！当我创作《望乡台》时，我身边的许多朋友同事或升官或发财，我却心无旁骛，决心把《望乡台》写成，其实骨缝子里的思想，就是感恩，感恩先祖前辈，给予我生命，感恩天地万物，养育我生命，感恩母语文字，让生命可以诉说，让后辈可以倾听。

从宏观上看，中国二十世纪的剧变，不仅仅是政治体制上的变化，更重要的是这个民族的文化灵魂、价值取向、生存哲学，包括诸多更深层次的元素，都在经历一场裂变！中国文化里常有树碑立传之说，我的祖辈父辈，不论是为家，还是为国，我都想为他们树碑立传，让后世的子孙永远铭记。这就是我为什么坚持把《望乡台》写完。

《望乡台》从留着长辫子的祖父国仪开始写起，一直写到第四代重孙邱比特，我力图将宏大的历史事件糅进最底层百姓的生活细节，在生活的艰涩与对生存的敬畏中，刻画出一群相依为命、善良顽强、坚韧博大、勤劳勇敢、荣辱与共的中国百姓形象，传递出对生灵的悲悯、对命运的咏叹、对母语的虔诚！

国仪饱读诗书，勇敢正义、忠诚本分，终生坚守着对朋友的一句承诺，为保护周掌柜托付的皮箱，历经磨难，无怨无悔。玉珍帮助丈夫国仪坚守对朋友的承诺，至死不改，侍奉嫂子如娘亲，数十年如一日。笑对苦难，包容命运，用博大的胸怀默默温暖感化和拯救着乱世中挣扎的灵魂，让那片土地上的生灵时刻充满希望。德辉历经世事磨难，却不改心中做人准则，憨厚忠诚，是人们在乱世中获得生存的力量。树兰忠贞执着，美丽善良，孝老爱亲，相夫教子，是玉珍精神和品质的传承者。子归和思凡，对父辈的传统品德进行无情的讽刺和叛逆，逃离家园，流浪四海，却在岁月的轮进中，最终感悟并理解了生存的艰涩与沉重。此外，还有陈氏、青姑、德俊、麻女、段八、苦海、佛知、任定山、任玉昆、周掌柜、德余、马朝兴、许文生、德鹏、四喜、雷世杰、蒋厨子、赵默问、黄晓红、李红旗……人物众多，性格迥异，命运参差，情节诡异，不同年代、不同世道、不同际遇、不同思想，黑与白、美与丑、善与恶、因与果，都在老官庙那座千年戏台上轮番演唱。

《望乡台》每一章用民谚或童谣引发，民谣中隐含的哲理寓意，被现实生活所演绎和佐证，使整部小说因此呈现出一种深邃和神秘，既是过去对未来的预言，又是现实对历史的传承。

正如我在“后记”中说：“人，或许就是一段一段地活着，下一段旅程中，不知会遇到什么人、什么事……什么是生活？什么是人生？什么是文化？多少年后，离开望乡台的子孙们，是否还能背诵故乡的童谣？我举心过头，一步一叩，为你而来。”我试图从一个侧面描述二十世纪一百年间中国人的悲欢离合、辛酸沉浮，表达中国最底层百姓时刻与国家命运紧密相连、甘苦与共、风雨同舟的厚德情怀，展示中国从农业文明走向城市文明的裂变与迷茫！探讨中国传统文化与现代文明的交汇中，其民族精神与文化信仰的坚守与挺立、传承与回望！

磨砺中叙述生命的宽广与深厚

——《身影》在线访谈

主持：杨锋（青年诗人，笔名艾叶，《汉诗读本》主编）

嘉宾：赵伟

媒体：《身影》在线访谈

杨锋：身影人物，榜样力量。这里是团中央“分类引导青年工作优秀活动案例”——榜样人物大型影视系列专题《身影》在线访谈栏目。我是主持人杨锋。本期身影榜样人物请到的嘉宾是赵伟先生，您好，赵伟先生！

赵伟：您好！主持人。

杨锋：很高兴通过在线访谈形式对您进行采访。看到您的个人资料，知道您是优秀的军旅作家和宣传思想战线的先进个人，出版了很多著作，获过很多奖项和荣誉。您是什么时间开始从事文学创作的？

赵伟：如果以发表文章的标准来算，应该是在1984年，初中二年级，我记得我写了一首诗，不过十行，大概内容是我骑在牛背上，双手捧一支竹笛，夕阳下山，我吹笛，蚂蚁青蛙蝴蝶都到路边听笛声，发表在我们县的文学刊物《通江文艺》上。通江处于大巴山深处，是全国最贫困县之一，少年时代印象最深的三件事：一是天天吃红薯，吃得人呕吐！二是傍晚经常有人满山遍野追猪追鸡，因为它们越圈而逃，不追回就是家庭财产一大损失。三是夜里在油灯下一边干农活，一边听大人们讲各式各样的故事。这为我以后进行文学创作，尤其是《望乡台》的创作，提供了丰富想象。

杨锋：您参军入伍后历经怎样长时间历练？谈谈入伍到考入军校期间您的个人经历。

赵伟：我是1990年3月入伍的，实际上我入伍后的经历跟我入伍的过程息息相关。农村青年，尤其是贫困地区的农村青年，考不上大学，当兵就成了实现人生理想的唯一出路。我的师兄莫言和阎连科都说过，农村人当兵，首要目的是找碗饭吃。我也一样，但我们这个年龄段，是中国实行计划生育政策之前出生的，人多，竞争激烈，当兵也一样。我父母都是老实巴交的农民，没有社会关系，因此体检后被人挤掉，我天生胆大，立即找接兵干部，当面汇报我的情况，接兵干部颇感兴趣，到我家里看了我发表的“豆腐块”，尤其是看了我的散文《秋之歌》参加全国中学生作文比赛的获奖证书，才让我最终穿上了军装。

我的部队是青藏高原一个汽车团，天寒地冻，严重缺氧，紫外线强。刚去的头半年，经常流鼻血，头痛，睡不着觉，两脸紫红，俗称“红二团”。一泡尿出去就成了冰柱，不戴手套手皮就会粘在铁板上！新训班长说：在高原当兵，必须练就耐寒能力，否则执行任务必死无疑！寒冷也就罢了，多穿衣服就是，最难耐的是想家，一封信来去二十天。记得有首歌，一唱就哭，大意是：儿当兵当到多高多高的地方，儿的手能摸到娘望见的月亮，儿知道，娘在三月花中把儿想，娘可知，儿在六月雪中把娘望……

新训结束，我被调到政治处，负责三项工作：放广播、写新闻、管理文化活动中心。后两项工作尚可，唯独放广播，把唱针往唱片上放，唱针搁下的线圈不对，就放出不同的号，我放错三次，出了三次大错，都是把熄灯号放成紧急集合，整得全团上下风急火燎到操场集合，团长政委莫名其妙，得知是我把号放错，气得脸色发绿，跑到广播室来，我正脱衣服要往被窝里爬。好在我新闻稿写得不错，团长政委从内心喜欢，骂了我一顿，让我滚到司训队去学车。

学车结束，已是1991年10月，我又回到政治处，时值汽车团庆祝建团四十周年，要搞团史展，我参与其中，整理史料的过程中，得知这个团已有四十年历史，参加过抗美援朝、保卫珍宝岛、对印反击战以及青藏公路的修建，于是，我写出《大衣》《西北魂》《彩虹》《青海红》等中短篇小说，相继刊登在《西北军事文学》上，青海人民广播电台

“文艺星河”多次将我的小说录制成广播剧播放。1992 年，这些短篇小说结集成小说集《兵恋》，由敦煌文艺出版社出版。1993 年 6 月，《解放军文艺》编辑部借调我去帮助工作，让我第一次见到北京！ 1993 年 8 月，考入解放军艺术学院文学系。

杨锋：在当兵期间您就出版了第一部短篇小说集《兵恋》，是怎样的内心情节让您创作这样一部小说？谈谈这部小说出版前后的影响。

赵伟：《兵恋》是一本薄薄的小说集，它主要是收集了我在 1991 年至 1992 年间写的短篇小说，有编辑老师说我这两年写的小说，灵气十足，厚度不足，这评价非常精准！那时候还不到二十岁，根本看不透岁月的深厚和生活的宽广，只有一股创作热情。那时候的媒介不像现在这么发达，战士们就是看报纸杂志、看电视听广播，当战友们在杂志上看到我的小说、在广播里听到根据我的小说改编的广播剧时，他们自然要议论、要传扬，这件事情就传到了分部政委张洪才的耳朵里。张政委召见我，并看了我收集的全部作品，说：连队每年都要配发图书，你这也可以结集出版，给连队配发。就这样，张政委写了序，小说集就出来了。这本小说集被配发到分部下属团级单位的所有连队。

杨锋：小说集的出版是否可以这样说：文学改变了您的命运？

赵伟：是的，文学改变了我的命运，在我命运的每个关键拐点上，都是文学的因素左右了我的去向。

杨锋：也就是说您在当战士期间就被借调到《解放军文艺》编辑部帮助工作，可以谈谈这段工作经历吗？

赵伟：全军经常有一些喜欢写作的战士被借调到《解放军文艺》编辑部帮助工作，说是帮助，实际上是学习，在帮助老师们收发稿件、修改稿件的过程中理解文学、理解创作。我是 1993 年 6 月到《解放军文艺》编辑部报到的，与其他战友帮助工作一样，也是收发稿件、拆阅分类，那期间，就收到很多后来在军艺成为同学的人的稿件。要说发生的事情，印象最深的还是遇到简直。

我走进编辑部办公室，碰到一个上士，大嘴大耳大鼻孔！一问，他叫简直，真名简胜利，发表过很多短篇小说，文艺社还给他开过作品讨论会。我说："幸会幸会！"简直也说："幸会。"声音虽小，却一直微笑，两眼成缝，嘴唇外翘，上唇比下唇突出。一天下午，我和简直相约去吃馅饼，在馅饼店里碰到一个老头讨饭。那老人说他家住河南，儿子在砖窑上被打死，地方处理不公，他来北京上告，告了好几年也没结果，死也要死在北京。简直便拿了老人的诉状来看，说："既然上告无果，你还不如回老家，度过你的残年才好。"老人摇头。简直又说："你觉得那乡人欺你太甚，你搬到别的地方住吧。"老人还是摇头。简直请老人吃了一碗刀削面，我又买了几个馅饼给老人。

我们已知军艺文学系首招战士，编辑部把我俩都推荐给了总政艺术局。不久，我的部队打来电话，说军区招生办让我把发表的作品交上去，我问简直，他说他已经交了，于是我回撤，告别编辑部，告别简直，我说："如有缘，我们相会在军艺；如无缘，今生就此别过。"简直咧了嘴笑，说："就是，就是。"没想到，二十年后，简直越过红尘，出家为僧！

杨锋：据我所知，部队涌现大量的优秀作家，不乏英雄，不乏人杰。作为兰州军区青藏线上的运输兵，您是如何平衡当兵服兵役与文学创作之间的关系的？

赵伟：这个问题其实并不难，军营有《条令条例》，有作息规定、制度约束、训练课目、达标要求，作为一个军人，这是本职，必须无条件服从！文学创作是个人的兴趣爱好，既然是个人的兴趣爱好，那就只能是在属于个人的自由时间里来完成。我的文学创作几乎都是在周末和节假日进行。

杨锋：兰州军区可以说是全军最艰苦的军区，深处祖国大西北，戈壁、沙漠、高原成为典型的地表符号，这段岁月对您个人成长起到哪些积极因素？

赵伟：我在青藏高原那三年，艰苦的自然环境，不仅让我练就了一副坚硬的身躯，同时也磨砺了我顽强的意志！这两者让我在今后的生活中，不论经历什么样的风雨，都能够承担和面对。

杨锋：谈谈您当兵期间对您影响最深刻的事。

赵伟：当兵期间，影响最深刻的事，是母亲的突然去世。在司训队学开车的八个月，本是很快乐的事情，但母亲的突然去世，给了我沉重的打击。我赶回家，看着母亲骨瘦如柴的病体，看着她那渴望活着的眼神，到最后，看着埋葬她那堆冰凉的泥土，我的生命状态以及对生命的认识，出现了剧烈变动。思念的痛苦，让我每天都处在茫然和彷徨中，不知所措，不知所向，整夜睡不着觉，战友们怕我出事，把政治处主任叫来，主任来了一看，见我面色苍白、眉目失神，气得指着我的鼻子骂我，那些话我至今还记得："你还有父亲，还有弟弟！你这样作践自己，对得起谁？"我抱住主任号啕大哭。三年的战士生活给予我人生最大的财富，不是写作成绩，而是战友之间的兄弟情谊，是人与人之间的友爱和善良。其中许多细节都在我的小说里写到。

杨锋：苦难是作家的财富。有人说：小说是虚构的艺术。您当兵的亲身经历融入小说创作里面，谈谈具体的情节。

赵伟：小说是虚构的艺术，但小说反映的却是人类最真实的情感。我最开始写小说，很多细节就是自己的亲身经历，比如《西北魂》里所有描写母亲的情节，都是真实的，都发生在我身上。有个细节，我上军艺后给几个同学讲，把他们哭得一塌糊涂，是这样一件事：因家里穷，母亲生病无钱医治，父亲把猪牛卖掉，带母亲去县医院看病，医生要求做B超，一次B超27块，母亲心疼钱，坚决不做，回家延误，到冬月去世，年仅四十六岁。我回家祭奠母亲，回归部队那天，弟弟送我，送了好远，我叫他回，他不回，还跟着我走。我见他有话想说，就问他何事，弟弟忍了半天，眼泪流出，说：“哥，妈生病这一年，没人做鞋，夏天不怕，冬天冷，我没鞋穿……”我这才低头看弟弟的双脚，脏黑不堪，裂口密布，一把抱住他，失声痛哭。哭后，脱下脚上军胶给弟穿上，赤脚回队……到西宁火车站出站，晕晕乎乎不知方向，突听背后有人喊我，回头一看，一排战友站在那里等我……这些，都是真实的。

杨锋：解放军艺术学院文学系1993年首次招入战士大专班，您有幸从全军百万士兵中脱颖而出，成为十名战士大专班的佼佼者，谈谈军艺上学期间在做人习文上受到的冲击和影响。

赵伟：这个冲击和影响太大了！军艺三年，直接影响和改变了我的整个人生。

先说做人：能上军艺，它首先改变了我的社会身份，从前是战士，业无定职、身无定所，现在是军校学员，毕业就是军官，从此摆脱了脸朝黄土背朝天的命运，进入国家干部的行列。这是所有农村兵唯一的也是最大的愿望。因此，刚上军艺时，很长一段时间我都处在飘飘然状态，感觉自己的未来一片金光灿烂！

再说做文：让我真正认清什么是文学、什么是创作的，是在军艺，军艺文学系的教学方式十分特别，叫作“打开围墙，迎接八方来风”！就是请所有著名的教授学者作家来讲课，因此，我有幸能亲耳聆听谢冕、张颐武、王蒙、张志忠、周涛等等前辈先师们对文学的见解和引领。这种方式当时感觉不成系统，杂乱无章，但经过数十年的甄别，极其有效。直到今天，这群前辈们的观点，还在被我用来考量文学、验证创作。

杨锋：据我所知您从军艺毕业后又分回到兰州军区21集团军某师基层连队当排长，经过军艺文学系广泛系统的学习之后，对您担任基层部队排长有何冲突和影响？

赵伟：主持人您这个问题问得非常好，这是很多军校生毕业后到基层带兵遇到的问题，我也想跟他们分享我的感受。精神上的冲突没有，因为我明白，军人必须要服从命令，所以下去当排长没有什么想不通的，很愉快地就去了。但在实际工作中就遇到困难，比如我的军事素质就远远比不上排里其他战士，专业技能就更是一窍不通，像这种情况你去带兵，自己心里先就虚了！战士不服你啊！那怎么办？你就虚心学习。战士们都是非常懂理的，你不懂可以，因为他们知道你上军校不是学的这个专业，只要你虚心向他们学，他们一样尊重你、爱戴你！就怕你既不懂又不学，还摆出一副排长的臭架子，那就完蛋了！肯定没人听你的！

杨锋：这段经历是否可以说对您日后的文学创作带来崭新的视野？或者说积累了人生的素材？

赵伟：是的，可以这样说。表面上看，这只是一个排长带兵的问题，实际上是一个做人的问题，是人与人之间如何平等相待、如何相互尊重的问题。

杨锋：我们知道军队有专门的创作室，有专业作家开展创作。无论您在当排长还是胜任组织、宣传干事，这些似乎和文学不搭边。您是如何做到新闻宣传和文学创作有机结合的？

赵伟：其实“新闻宣传”和“文学创作”都是一种叙述方式，就像现在的电视、网络、微博一样，都是生命对外部世界的叙述方式和表达途径，只不过，“新闻宣传”是正在发生的，是一闪而过的；而“文学创作”是经过沉淀了的，是永恒和持久的。我是这样来理解“新闻宣传”和“文学创作”的关系：我们可以把“新闻宣传”当成“文学创作”素材，这样，“文学创作”便具有了现实意义和时代价值。我们又可以借用“文学创作”的眼光和思想来执行“新闻报道”，这样，“新闻报道”便有了思想的深邃和时空的厚度。两者相得益彰。

杨锋：2001 年至 2008 年，您从兰州军区调入第二炮兵政治部火箭兵报社任编辑、记者，简要谈一下您的亲历。

赵伟：呵呵，这个说来话长，简单汇报吧。军艺毕业后，我分配到兰州军区第 21 集团军下属一个坦克团，部队位于戈壁深处，当了一年排长，后调到师部当宣传干事。回北京办事，遇到武警北京第二总队政治部主任，他愿意调我，便于 1998 年调回，后来武警北京一总队和二总队合并成武警北京总队，我调总队下属第三师任组织干事，不久，就被武警总部文化部借调，采访撰写“新中国成立五十周年献礼工程丛书《深圳武警》”，在深圳住了将近八个月，让我目睹了改革开放前沿的人们的生存状态。《深圳武警》完成后，应文化部朱文斌部长之约，写了长篇小说《壁州兵事》。2000年，武警部队文化部撤销，我回原单位，正逢第二炮兵《火箭兵报》扩版招人，我递过简历，即被接纳，因此调到第二炮兵政治部火箭兵报社任编辑记者，直到2008年年底转业到地方。在报社工作和生活的八年，是一笔不小的财富，因为要出去采访、要写稿，还要编辑别人的稿件，走遍了中国许多地方，又经历了非典，当然还有个人生活的不幸，被最亲信的人伤害，在绝望中咬牙行走……这个过程中，对文章的诸多元素有了更加深刻的理解。对文学创作的理解自我感觉趋于成熟。这期间，不论是我编辑的稿件，还是自己的创作，都较以前显得成熟，部分作品也获奖并被转载，并出版了中篇小说集《营盘舞》，《望乡台》也在这个时期进入创作高峰期。

杨锋：战争（军事）题材永远是部队作家的宿命。在您看来如何在沉寂中坚守和繁荣军旅文学？

赵伟：军旅文学的坚守，中坚力量还是军队作家。从文学创作这个角度来看，军队作家比地方作家的先天优势好得多！军队有自己的刊物，有自己的创作室，有军队对文学固有的政策支持和人才培育，因此，我觉得，军旅文学不是坚守的问题，而是出成果和繁荣的问题。

杨锋：莫言获诺奖后，他精心书写的故乡——“高密东北乡”开始走向世界。同样作为农家军人、作为莫言的师弟，在文学范畴内谈谈您对“农家军歌”的理解。

赵伟：从我们已经阅读到的“农家军歌”作品来看，农家军歌是悲壮的，是带着丝丝伤感的，因为这些作品直面一个共同话语，那就是农家青年的生存困窘！从这个角度来看，农家军歌反映的是一种社会问题，是“中国农村青年”为生存而挣扎和奋斗的辛酸历程。我觉得，这恰恰是“农家军歌”的价值所在！有个现象值得探索：数十年过去，“农家军歌”这个概念还依然存在，依然被人们研究，这就印证着一个命题的宏大和恒久：生命只有在艰难中挣扎和跋涉，才能愈加美丽，才能愈显魅力，才是真正的文学！

就我个人的经历来看，我觉得，生命必须经过磨砺，才会懂得珍惜和敬畏；作家必须经过磨砺，才有能力叙述生命的宽广和深厚。

杨锋：您从1990年入伍到2009年转业，可以说长达有十九年的从军生涯，谈谈十九年军旅岁月对您的影响。

赵伟：最美好的青春留在部队，因此，最美好的回忆也是部队，十九年的军营生活，让我学会如何做人，忠诚、执着、坚韧、勇敢，这些军队的优良传统已经融合成一种基因，变成我的性格和品质。

杨锋：转业到首都精神文明建设委员会办公室后，您出版了一百三十八万字的长篇小说《望乡台》，谈谈创作这部长篇小说的初衷。

赵伟：《望乡台》不是转业后才开始写的，是我在上军艺时就开始写了，算起来已有二十年。我没想到这部小说能写二十年，只是在写的过程中，随着年龄增大，阅历增多，对生活、对生命、对时间和空间的渐进理解而不断修改，才断断续续写了二十年。上军艺前因母亲去世，《望乡台》这个名字，就是在对母亲的思念中产生的，希望把母亲的生命形态用文字的方式呈现出来，作为铭记。整个写作过程可分四个阶段：

第一阶段：1993 年到 2000 年，纸笔写作。这几年用手写，大约写了三四十万字，由于工作单位调动，断断续续，不成系统。

第二阶段：2000 年到 2008 年，电脑写作。在把手写的录入电脑的过程中，我发现原来那些故事的描述方式、语言节奏、人物穿插，都显得十分肤浅幼稚！同时，曾因创作长篇报告文学《深圳武警》在深圳采访，改革前沿的繁华喧嚣、人性奔放、文化包容、品质异化、观念裂变，让我对生活有了更开阔的认识。《望乡台》因此经过脱胎换骨的重写。重写过程中，我从单一感谢母恩的情绪中清醒过来，从美学和人性的角度审视父辈身上所秉承的美德，人性与文化交叠、命运与国运重合。千古农田养育的人，面对都市文化工业文明的大举进逼，何去何从？大炼钢铁带来的生态灾难、“文化革命”带来的信仰灾难、追逐利益带来的道德灾难……忘记？断裂？回头解读二十世纪中国的一百年、一个深山小镇、一个四代同堂的家庭，发现不论经历多少磨难，总有人性的光辉温暖着生命，总有土地的宽大庇护着生灵！

第三阶段：2008年到2012年，修改。初稿写成，我利用三年时间进行了四次修改，尽量让小说中所有的元素蓬勃蔓延、浩大深刻，尽可能让小说有厚度，有力量，见纵横，见整体，见人性，见文化！

杨锋：有专家评价《望乡台》："探讨了中国从农业文明走向城市文明的裂变与迷茫，展示中国传统文化与现代文明的交汇中，人性与文化的重建与坚守、传承与回望……"您是如何解读自己的作品的？

赵伟：自己评自己的作品，不太好评，中国作家网专门为《望乡台》开辟了评论窗口，很多读者给予《望乡台》方方面面的评价，有人称它是一部"厚重悲悯的人类心灵史诗"，有人说"《望乡台》以一种淡定的姿态叙述惊心动魄的故事，对二十世纪一百年的解读，为后世留下一笔宝贵的精神财富，为后人研究二十世纪提供了最基层的图像和最深刻的人性"。读者从我的小说里能读出这么多味道，读出人性、读出美，我很高兴，也很感动。

探讨和思索中国从农业文明转向城市文明这一历史巨变中的人性去向和文化坚守，的确是我写《望乡台》的目的，这个目的是否达到，只有请读者来评判。但我知道小说仍然还有许多不尽如人意的地方，有的地方叙述啰嗦，不够简洁，缺乏节奏。我正在修改，争取再版时能尽量避免。

杨锋： 现在回过头来重新审视您极不平凡的人生履历，您对现在的年轻人有何寄语？

赵伟： 任何时候都要对生命心存仰视和敬畏，不要抱怨磨难，它会使你更加丰富和成熟。

杨锋： 从这次访谈嘉宾赵伟先生身上，我们深刻感受到苦难和磨砺是一笔宝贵的人生财富，对一位励志青年产生了积极影响和激励示范作用。传承道德价值观和社会美德、承担社会责任是青春成长故事里不可缺少的精神品质。接下来，请您谈谈通过这个访谈，有何感想？

赵伟： 我觉得这样的采访非常好，《身影》在线访谈栏目——和嘉宾进行一对一交流，畅谈创业青年共同关心的话题，更多的“可亲、可敬、可信、可学”青年榜样典型走到人们面前，一下子拉近了和榜样人物和网友的关系，亲切感顿然增强。

杨锋： 我是主持人杨锋，因时间关系本期采访到此结束，谢谢嘉宾赵伟先生接受我们的访谈，下期再会。

乡关何处？

毛建福

原《军工报》编辑记者、资深佛学研究者

一个女人，像守护爱情一样守护着一方水土，这对于她的后代来说，就是故乡。如同《红楼梦》里有了贾母，这才有了贾家，“造化”二字更多是说给女人听的。神话里女人的吉梦，便是女人的生发能力。

在四川巴中，中国二十世纪一百年间，居于大山深处望乡台下四合院赵家祖孙三代人的多舛命运。三代人的爱情婚姻和家庭生活被二十世纪的风起云涌所裹挟，在生活的艰涩与对生存的敬畏中，刻画出一群相依为命、善良顽强、坚忍博大、勤劳勇敢、荣辱与共的中国百姓形象。

这是赵伟一百三十八万字的长篇小说《望乡台》。

巴中，红军之乡，此天府一隅，在赵伟心里，那是灵魂的城堡，有着桃花源的美好，那也是他灵魂的栖息地。

于是，赵伟小说里的人物总是那样美好，要么憨厚忠诚，要么信守承诺，把人物的优点合起来，就像是在歌颂大巴山。这部巨著2012年就出版了，他本人很快又写成了电视剧，巴中的领导特别喜欢这部讴歌巴山的作品，都希望这部作品能在巴中拍摄，这样就是对巴中最好的宣传和介绍。

赵伟是个用情则深的人，这样的人对故土的迷恋，或者说是对小说里的故土的留恋，正是一种悲剧情结的开始。

写作是个体力活，赵伟体力极好，用手写一晚上写一万余字不在话下，在电脑上敲电视剧一天一集，这速度，羡煞人也。一开始写这部长篇，他是用手写，如果是五百格的稿纸，那摞起来也比他还高。在中国，少有作家把小说写得这么长，即使写的人一往情深，看的人也会望而生畏。小说改成剧本，本来有公司要买，他还舍不得出手，他看重的是平台。

赵伟在北京政府部门工作，有一年请在京同学三家人看戏，看完戏后再请吃夜宵。这事，我妻子记得特别清楚，虽然她不看小说，却记住了赵伟这个人。我妻子总是说那天夜里，我为什么吃夜宵不掏钱。这件事情本来与小说无关，可我还是要说出来。我欣赏我认识的人的作品，倾向于把这个人和作品放在一起。我不喜欢做评论家，只求赏析时略有心得。

就像解数学题时需要引入参数，解《望乡台》不妨引入一个和尚。

赵伟跟他的军艺文学系战士班同学简直是非常好的朋

友，论写作能力二人也不相上下。可是有一天，简直突然出家做了和尚，这意思是：文学算什么呀，还是出家念阿弥陀佛去吧！

赵伟在一篇文章里说：我理解简直对凡尘的绝望，能理解他摆脱对苦海的挣扎，能理解满头黑发被戒刀嚓嚓割断的惆怅和哀愁。不同的是，简直站在空门，绝然而去，不再回头。而我，终归不忍，扭头回望。这一望，看见了父母子女，看见了兄弟姐妹，看见了朋友同学！再苦再难，责任和情感，终归大过空门内摇曳的青灯之光，我抽身而回！

赵伟抽身而回，也是看到了乡关。汶川地震，让他更有了活着的坚定。他同时觉得自己是有根之草，天雨会滋润着他。

这记忆和灵魂里的乡关，也一样绝然而去，不再是原来的模样。他心里所向往的乡关模样也不会再出现，这正是小说的意义之所在。

赵伟用三十年时间精心创作完成《望乡台》，在“后记”中说：“人，或许就是一段一段地活着，下一段旅程中，不知会遇到什么人、什么事，并由此产生出什么情……什么是生活？什么是人生？什么是文化？多少年后，离开望乡台的子孙们，是否还能背诵故乡的童谣？我举心过头，一步一叩，为你而来。创作的过程，就是对过去的时光进行一次回顾，对祖辈父辈的一次怀念，这份怀念，让人在忙碌中心存一丝温暖。”

这是他的家国情怀！

赵伟是一个有责任有担当的人，这才写出了《望乡台》，在《望乡台》中，国仪终生坚守着对朋友的一句承诺，为保护周掌柜托付的皮箱，历经磨难，无怨无悔。玉珍帮助丈夫国仪坚守对朋友的承诺，至死不改。德辉历经世事磨难，却不改心中做人准则。树兰忠贞执着，美丽善良，孝老爱亲，相夫教子。子归和思凡逃离家园，流浪四海，却在岁月的轮进中，最终感悟并理解了生存的艰涩与沉重。此外，还有陈氏、青姑、德俊、麻女等众多人物，性格迥异，命运参差，不同年代，不同际遇，不同思想，黑与白，美与丑，善与恶，因与果，都在老官庙那座千年戏台上轮番演唱。

赵伟参军走南闯北，他看到了承诺与背叛，善良与罪恶，成佛成魔，只在一念之间。大巴山的一块有棱角的石头，变成鹅卵石也没什么不好，这是一种必然。这是游走于人世间的损耗，只是念念不忘的那颗心还在。

中国人是小的时候要立志出乡关的，在打拼中时时都会有对乡关的感叹，最著名的就是崔颢的那句感叹：

日暮乡关何处是，烟波江上使人愁。

若读懂《望乡台》，应知其愁。

“家风”热议：好的家风　能够培养出“贵族”

关山远

学者、专栏作家

新华每日电讯2014年2月17日　最近“家风”这个词比较热，看电视里人们对家风这个话题的回答，有些令人忍俊不禁，有些令人肃然起敬，还有些只能是啼笑皆非了。这些观感之余，却是不失沉重的思考：中国历来特别重视家庭教育与家族传承，但今天，人们谈起“家风”二字，为何别有一番滋味？

名门望族与乱认祖宗

笔者京城寓居的胡同里，有一户门庭破旧的平房人家，双开红漆木门上铭刻着这样一副对联：“忠厚传家久　诗书继世长”，木门在时光冲刷下已经斑驳陆离，裂纹纵横，红漆也已多处剥落，露出灰黑的底色来，但这十个字，却似有刀砍斧劈般的力度，让人端详沉思。

“忠厚”与“诗书”，可谓中国古人心目中理想的精神特质与身边之物了。不过，“忠厚传家久　诗书继世长”的精髓，不仅仅在于“忠厚”与“诗书”，更在于“传”与“继”，在于“久”与“长”。古人渴望这种精神特质与生活方式能够世代相传，作为标记血缘与骄傲的符号，就犹如包括人类在内的生物的本能，要将自己的基因传承下去一般——从某种程度上来说，他们认为“家风”传承的重要性，不亚于血缘传承。

在科举大发达之前，中国的舞台，是门阀士族的盛装亮相，人们总结出历史上的十大名门望族，例如陇西李氏，从汉朝的“飞将军”李广，到西凉王李暠，再到缔造了盛唐的李渊父子……又如“弘农杨氏”，汉时之弘农郡治所位于今河南灵宝境内，辖华阴等地，秦汉初期，杨姓子孙分布以弘农最为集中，影响也最大，至今犹有“天下杨氏出弘农”之说。

弘农杨氏人才辈出，其“清白”家风令人感佩。汉代大儒杨震，五十岁才开始为官，后多次升迁，官至太尉。他曾在赴东莱太守任上，途经昌邑，时任昌邑令的王密乃为其所荐，听说杨震路过昌邑，就前往拜见，到了晚上临别之时取出十斤黄金送给杨震。杨震说道：“我了解你，你却为什么不了解我的为人呢？”王密劝说道：“天黑了，没有人知道，你就收下吧。”杨震回答说：“天知，神知，我知，你知，怎么能说没有人知道呢？”王密惭愧地走了。后来杨震转任涿郡太守，因为官清廉，不接受馈赠，所以子孙过得很清贫，经常要以步代车，更无肉可食。以前的朋友中有些想为他们置些产业，但杨震却不答应，说：“让我的后代被人称为‘清白吏’的子孙，把这个传给他们，不是很好吗？”

杨震的子孙们受其言传身教，皆博学而清廉。弘农杨氏以“四知”为荣，并以“四知”为堂号，以“清白传家”为门额，遗风至今可见。杨震的十四世孙杨坚建立了强盛一时的隋朝，北宋杨家将的创始人杨业是杨震第五子杨奉的后裔，精忠报国，满门忠烈，可见其家风传承之成功。

今天，一些权贵爱好修家谱，上溯若干代，胡乱攀祖宗，硬是把自己装扮成同姓名人后裔，以证明自己当今财富与权势的某些合理性。这类笑话与闹剧，古往今来，多了去了。

民国时候，有一则著名的“认祖门”：袁世凯要称帝，自然想找点“天命”“瑞祥”，可惜袁大总统祖上相当平庸，没啥名人显贵。于是他身边的马屁精开始给袁世凯找祖宗，然后他们把目光瞄准了明末著名将领袁崇焕。袁崇焕是东莞人，袁世凯的一个无聊且无耻的同乡张伯桢，硬是把袁崇焕与袁世凯扯到一起了，此人伪造了袁氏族谱，并在报纸上发表了虚假新闻《袁崇焕轶闻记》，说东莞秀才袁厚常告诉他，“崇煜先成电白，越数年挈其妻子寄居河南，因是占籍焉……今在东莞奉祀者，为其兄崇灿、弟崇煜之子孙耳”。

又说，袁崇焕殉难后，有一方外人过其乡说：“今日杀袁者清，他日亡清者必袁。”硬是让袁大督师从广东搬到了袁大总统的老家河南，而且还阴险地暗示：当年袁崇焕被清朝离间计杀害，现在轮到他的后人从清人手里要江山了。

当时袁世凯接到伪造的袁氏族谱后，大喜过望，手下一群马屁精都趁机奏请尊祀袁崇焕为“肇祖原皇帝”，建“原庙”，把北京城中崇文门外的袁崇焕墓加以修葺。袁世凯还派专使赴东莞致祭袁崇焕，祭文中有“皇祖有灵，尚祈来享”之语，末署“十九世孙某袁世凯”。其实，史载非常清晰：袁崇焕“无子”。所以，当时有人写了一首打油诗来讽刺袁世凯：“华胄遥遥不可踪，督师威望溯辽东。糊涂最是张沧海，乱替人家认祖宗。”

渐行渐远的“耕读传家”

在中国，能够始终传承数十代、辉煌不灭的名门望族，毕竟是少数，更多显赫一时的大家族，或因家风不继子孙惹祸，或因时世变迁大难临头，光荣家族，或江河日下分崩离析，或瞬间灰飞烟灭，给后人留下无数喟叹，就似《红楼梦》里的“好了歌”唱出的苍凉：“陋室空堂，当年笏满床；衰草枯杨，曾为歌舞场……”

中国历史上绝大多数老百姓，都与“笏满床”无缘，他们无缘跻身名门望族，但他们有自己的家风传承，透过历史来看，称得上是中国人千百年薪火相传的信仰。这是在农业文明下心存梦想的中国人共同的家风——耕读传家。

古人重农桑，可以说，“耕读传家”四个字，曾是代代中国人最理想的家庭生活方式：耕田可以事稼穑，丰五谷，养家糊口，以立性命；读书可以知诗书，达礼义，修身养性，以立高德。所以，“耕读传家”既学做人，又学谋生，深入人心，至今在许多古旧住宅的匾额上，还能见到“耕读传家”这四个字。

笔者每每看到这四个字，总能悠然神往：在蛙鸣与稻香中，捧一卷古书，听孩子吟诵。一缕书香，从历史的隧道中飘浮至今，冰冷的历史，也多了几分温暖。但是在今天，别说在中国的农村，就是在中国的城市里，有多少家庭，还有书香可言？

学者何江涛著有《耕读传家》一书，他谈及耕读文化的式微时说：“古代中国形成的耕读文化，其赖以生存和发展的基础是小农经济和科举制度。随着鸦片战争的炮火，国门洞开，自给自足的小农经济渐趋解体，‘耕’这种生存方式面临着前所未有的危机，而科举制度的废除，则更加快了耕读文化衰落的进程……”

笔者不久前读了首都作家赵伟一百三十八万字的家族史诗小说《望乡台》，这部厚书，共一百章，描绘了中国二十世纪一百年间，居于大山深处老官庙望乡台下四合院一个耕读世家——赵氏家族祖孙三代的多舛命运。从某种程度上来说，《望乡台》写的，就是一曲耕读传家的悲歌。

这部书开头的时候，是温暖与雅致的：农村读书人教家族的孩子读圣贤书，岳父挑女婿，不是看他有没有钱、有没有房子，而是考其诗书，就连兄弟们农闲夜间娱乐拿了长牌“打长九”，也不是今天的扑克麻将牌，闹哄哄赌一场，“打长九”的规则是：输家根据输点，由赢家出题，要背《论语》，输几点，背几篇，背不出来，则罚酒吃。

《望乡台》中，“耕读”不仅仅是让赵家子弟满腹诗书，更是带来精神层面的财富：一诺千金，顽强坚韧。书中几位人物，像国仪终生坚守着对朋友的一句承诺，为保护周掌柜托付的皮箱，历经磨难，无怨无悔；又如玉珍帮助丈夫国仪坚守对朋友的承诺，至死不改。但在二十世纪的巨变中，这片土地浸满了鲜血与眼泪，而曾经的传承，在岁月的巨变中逐渐被遗忘。作者称：《望乡台》就是希望探讨和思索中国从农业文明转向城市文明这一历史巨变中的人性去向和文化坚守。

渐行渐远的“耕读传家”，或许正是一代中国人的乡愁。

曾家书与“忘八端”

在今天谈及家风，不可能绕过曾国藩和《曾国藩家书》。

曾国藩发迹之前，曾氏家族一直在湘乡荷叶塘过着半耕半读的农家生活。亦耕亦读，勤俭持家，敬祖睦邻，是曾家持家立业的基本生活理念和世代相传的传统。

后来曾国藩名动天下、位极人臣之后，并未得意忘形，始终不放弃自己的品德修养，时时自省。《曾国藩家书》内容包括了修身、教子、持家、交友、用人、处世、理财、治学、治军、为政等方面，这些家书真实而又细密，平常而又深入，是一部生动的生活宝鉴。

著名历史学家钟书河先生说过，曾国藩教子成功是一个事实，无法抹杀，也无须抹杀。曾国藩认为持家教子主要应注意以下十事：一、勤理家事，严明家规。二、尽孝悌，除骄逸。三、“以习劳苦为第一要义”。四、居家之道，不可有余财。五、联姻“不必定富室名门”。六、家事忌奢华，尚俭。七、治家八字：考、宝、早、扫、书、疏、鱼、猪。八、亲戚交往宜重情轻物。九、不可厌倦家常琐事。十、择良师以求教。今天那些“坑爹”的“富二代”“官二代”，读此文，不知有何感想？那些被坑的“爹”，又有何感想？

曾国藩对自己对家人要求甚高，赢得了“道德文章冠冕一代”的称誉，成为中国封建社会最后一尊精神偶像，高度无人可及。不过，“重德修身”是古代许多家庭的共同家风，道德人品虽不及曾国藩，但也不失淳朴本色、凛然正气。

京城研究者称：老北京的人家，有一个比较普遍的家风，就是“孝、悌、忠、信，礼、义、廉、耻”，这又被称为“八端”。北京有一句最狠的骂人话，就是“忘八端”，这个“八端”指的是做人之根本，忘记了这“八端”也就是忘了基本的做人根本。后来以讹传讹，“忘八端”变成了“王八蛋”。

懂敬畏、有底线，这是中国家长对孩子的教育——即使在不懂敬畏、缺乏底线的今天，仍有无数中国人在坚持。“贵族”这两个字，常常被人提起。或许在有关“家风”的话题讨论中，能够进一步厘清中国人对“贵族”的认识。好的家风，是能够培养出贵族的，或者，是能够培养出行为良好的公民的。

书没看完　言犹未尽　下次再说

——读《望乡台》有感

屈李弘

散文作者，组办《望乡台》读书会

岁月是一条长河，卷起浪花，冲碎泡沫，这无数让人唏嘘嗟叹的故事就埋藏其中。风云变幻，世事无常，那些关乎生与死、泪与笑、新与旧、道义与坚持的过往就从这大巴山深处、《望乡台》书中缓缓走来。

“晋太元中，武陵人捕鱼为业……”刚读《望乡台》，书中描绘了一幅田园景象，一匹白马在大道上飞奔，似乎这是另一个“世外桃源”，大概是在大山深处的缘由，这里不兴刀兵，读书的读书，种地的种地，唯有街上才有商贩之流。虽然引出桃花之死，为后来争端埋下祸患，可大体上，那些从田园中、从大片大片油菜花中流露出来，即使是先人作古，都是一种幸福。

亲属相残，家长仙逝，不知为何，我未曾读出悲伤，这些本应该是悲剧的事情，却在这田园之间、农村质朴的生活之下被冲淡。似乎，这也算不得大事情，只要四合院还在，只要读书声还在，只要田地还能种下去，似乎就能一直种下去。生老病死，交替轮回，如同草木的一生，都是自然而然发生着罢了。这未尝不是一个轮回，换了一朝天子，换了一朝臣，这该种的地，还能荒了不成？

可，这地真的荒了，而比地更先荒芜的那一块却是人心。

雷世杰带着军队来的时候，不知道望乡台那匹白马是否可以看见，它又是否朝着四合院嘶叫呜呜？那段不能骑行的山路上，留着世世代代踩踏而出的印迹的青石板，是否也会着急呼喊起来？我不知道，那晚的风声是否比平时更加紧凑一些，以至于最后那场大火，竟是烧他个干干净净。

烧干净了的还有那四合院的读书声，还有那种地所需要的农具。谁家的镰刀没有在大火中燃成废铁，谁家的锄头还沾着饭香？哪里传来的笑声，笑着？哪里传来的哭声，哭着？烈焰下，除了三个人，一头新生的牛犊，还有谁能幸免呢？

这时候，悲伤的情绪在整个环境中开始蔓延，残垣断壁，一片废墟的四合院，书声琅琅犹不在，炊烟寥寥犹不在，闺房夜话、窃窃私语犹不在。绕过孟浩然的田园风光，山中的地，何时才能够开出希望的稻花来？

四合院走了，带着世世代代的繁华走了。国文走了，带着教书匠的琅琅书声走了；雷世杰走了，带着他的部队追着任定山走了；青姑娘走了，带着她的冷静睿智走了；德余走了，带着他的失魂落魄走了；德俊走了，带着他的理想与抱负走了。

可是，山水轮转。一切似乎都离去了，一切似乎又都回来了。德刚回来了，琅琅书声回来了，德余回来了，德俊回来了，青姑娘回来了，雷世杰回来了，甚至最后，那匹奔驰在道路上的白马也回来了。

乡关何处？

——赵伟长篇小说《望乡台》索引

叶宏奇

北京市海淀区文联副主席

尽管在老一代作家沙汀、李劼人笔下时常会看到四川各地遍地开花的各省移民会馆，其实早已名存实亡。赵氏家族深居山中，以书香立身，以耕作立命，勤劳正直善良，本本分分地过着与世无争的耕读生活。

童谣山歌的加入，以及开篇词的运用，都增加了作品诗性化光芒；一以贯之的中国古典文学文本样式和叙述方法，契合了作家的创作理想和文化取向。

在中国的版图上，四川地处西南，偏安一隅，老百姓一直过着幸福散漫的小日子。直至汉末刘备一伙人打着匡扶汉室的旗号入蜀，情况开始发生了变化——四川逐渐成为战乱和躲避战乱之地：南宋，无数江南士绅为了躲避蒙古铁骑逃亡四川，元军一路追杀，把这片美丽的土地踩踏得稀巴烂；朱元璋获取政权后，开始在四川地区驻军和屯垦，大量北方士兵和家属迁入；明末，张献忠把对朝廷的气一股脑撒在这里，无辜百姓生灵涂炭，土地几近荒芜；清初，湖广填川，湖南湖北广东江西等地无数百姓哭哭哀哀，一路扶老携幼，背井离乡去往四川“插占”开荒；民国，四川成为避乱之地，除了沦陷区难民，还有政府科研学术机构纷纷迁往；新中国成立之后，又迎来“三线”建设，许多北方单位连人带设备奔赴四川各地安营扎寨……

这些仿佛跟作家的《望乡台》没有关系，似乎又有关系。

在经历了无数兵燹动乱之后，老官庙依旧是老官庙，四川依旧是四川，中国依旧是中国。南来北往的迁徙，始终没有改变四川及四川人特有的文化属性，反倒让各省移民纷纷放弃了原有的口音、生活习俗，甚至性格特质，皈依了四川，成了一代又一代四川原住民。

尽管在老一代作家沙汀、李劼人笔下时常会看到四川各地遍地开花的各省移民会馆，其实早已名存实亡。这就是巴蜀文化的韧性，也是中华文化的韧性。作家站在这样一个经纬交错的文化时空，以一幅诗性的乡村风情画景，进入历史的纵深，借助家族兴衰的血液冷热，通过戏楼子的望乡台，时而冷静，时而热血偾张地观察这种韧性，以及赵氏家族几代人在韧性的伸张中至死不渝始终如一的传承和坚守。

赵氏家族深居山中，以书香立身，以耕作立命，勤劳正直善良，本本分分地过着与世无争的耕读生活。但风云激荡的近代中国，任何要想置身事外的想法，都是奢侈的，也是于事无补的——赵国仪受周掌柜之托保管一只皮箱。受人之托忠人之事，是一个再简单不过的道德要求，但一旦掺杂了外部因素，就可能蜕变成文化的考问，考验着家族的形象信誉和传承的品质。国仪在不经意中，将宁静的老官庙卷进了时代的旋涡，被各种风起云涌的变幻裹挟、沉浮、震撼，并在其中遭遇种种碾压，遭遇是与非、美与丑、善与恶、爱与恨的较量和审视。

氏族治理是中国乡村社会治理的基础，是官府与百姓沟通的重要通道，更是社会得以稳健最基本的平衡点。赵氏家族正是在这种平衡中获得了生生不息的繁衍，找到了厚植家族文化理念和未来荣光的理由。然而，当平衡被打破，一切努力和奋争都无法挽回颓败的局势时，大多数就只能听天由命了。

但赵家没有，而是遵循着内心的指引，举全族之力，历经磨难，精心呵护着风暴中那些微弱的光明！国仪、玉珍、德辉、树兰、子归和思凡，无论初始时有怎样的分歧，最终都被岁月的艰辛和人生的跌宕弥合。还有德鹏、青姑、德俊、麻女等众生，都成就了《望乡台》一个个可爱可敬的艺术形象。正如作家所言："所记之时，所述之事，所著之人，呼之欲出，能触体温，能闻气息，恍如隔世兄妹回乡行走，历历在目，叫人嗟呀，肝肠寸断……"

童谣山歌的加入，以及开篇词的运用，都增加了作品诗性化光芒；一以贯之的中国古典文学文本样式和叙述方法，契合了作家的创作理想和文化取向。

不得不说，《望乡台》恣意汪洋的文化磋磨与坚守，都来自作家在乡土中国与人、自然、天地、神灵的真情道白，那种热气腾腾的故乡情结和家族使命，让小说保持了始终如一的阅读快感和美感。

拿得起的《望乡台》，放不下的故乡情

徐 莉

四川省巴中市小说学会副会长、《通江文艺》编辑

“望乡台赵伟”这五个字，早在几年前我就听文友不断提及过。那时我还不是《通江文艺》的编辑，在专职写网络小说，昼伏夜出，不混圈子，所以好几次接到文友电话，对方说我们通江著名作家赵伟从京回通，要我跑步前进去拜见的时候，我找各种理由推托。

我不喜欢扎堆凑热闹，最重要的是，我对“著名”望而生畏，更别说文友对此人的介绍和铺天盖地的好评，让我勾勒出赵伟是高不可攀的大人物形象，我一个小小的网络写手，见了大作家，我说什么才好？我的手脚该往哪儿放？

今年年初，《通江文艺》主编说：“这一期的‘巴山星辰’专栏，推赵伟的作品，你联系他吧。”这一次，不是文友的邀约，而是工作，无法逃避，我只好硬着头皮上。加了他的微信，我小心翼翼地做了自我介绍，说明来意，我忐

忐不安，头皮发麻，生怕约稿被拒绝。文友们对他的好评如潮，可谁也没有告诉我，这个人好不好说话，拽不拽？

谁知赵老师爽快地说道：“我就是从《通江文艺》成长起来的，《通江文艺》前主编黄定中老师在世时我们关系特好。所以看到通江人，尤其是《通江文艺》的人，我觉得特别亲切，你需要什么尽管说，我给你提供。”

我顿时就心花怒放，紧绷的神经放松了下来。他给我提供了作品，并建议我写评论。我又开始紧张，我怎么敢给大师写评论？赵老师又说：“在我的心里，没有大师，只有作者，文字在我心中，永远都是平等和尊贵的。你就放心写！”

短短数言，高高在上的大师，立马变得平易近人、和蔼可亲。

我的胆子也大了起来，聊天自然就说到了《望乡台》，几年前我就在电视上看到巴中主要领导在成都主持召开《望乡台》的研讨会，我很想看看这部书。百度了一下，各大网站都有此书的介绍和名家的点评，称《望乡台》是“中国的百年乡愁”，是一部“厚重悲悯的人类心灵史诗”，但遗憾的是，搜遍全网，却没有电子书，不能在线阅读。

作为一名网络作家，我深知电子书的便利和快捷阅读的好处，于是问赵老师，《望乡台》为什么没有电子书？

我忘了他的原话，总之是对此不感兴趣，我便没有再提。

那个周末，我去文友家聚会，看见书架上安静地躺着一本《望乡台》！我迫不及待地翻开，里面被文友画了红线，认真做了笔记，我看了几章便爱不释手，文友叫我拿走，我掂了掂这本几斤重厚厚的大部头，我的小包根本塞不下，携带是个问题！

一群文友开玩笑，说《望乡台》好看，就是太重，携带麻烦，是我们这种柔弱的仙女拿不起的《望乡台》，要是能在手机上看就完美了。

由此，我萌生了给《望乡台》做电子书的念头。多年的编辑身份，让我对好作品有一种近乎疯狂的偏爱，我希望我们通江作家的作品，能被更多的人看到，让更多的人喜欢，让喜欢这本书的人，拥有拿得起的《望乡台》，随时随地都能看书，躺着看，坐着看，站着看，想怎么看就怎么看，想什么时候看就什么时候看。

我把这个想法告诉赵老师，他说《望乡台》是传统文学，与网文风格大相径庭，一开始并不赞成做电子书。

我说国内外许多优秀的传统文学作品，都在各大文学网站上亮相，网络文学就是以网络为载体而发表的文学作品，其本身并没有一个明确的界限。

我们讨论了很久，关于传统文学和网络文学的区别与联系，作家们的争论也没有停过，争来争去，都是一笔糊涂账。

最后，赵老师说："网络文学的发展，是另一种形式的文艺复兴和百花齐放。"

我乐了，这是同意了！

从与赵老师线上沟通细节做前期准备，到和成都“教域家”签约，到排版划段、录制音频，到如今《望乡台》以全新的电子书形式展现给读者，这其中经历了许多曲折艰辛，自不必说，一切都值得。

7 月 2 日，《望乡台》终于登陆掌阅文化 APP，并在一个星期内，冲上掌阅首页“精选”推荐，获得重磅推荐第一名。这个成绩在我意料之中，却也带给我无限惊喜，让我体会到“为他人作嫁衣”的快乐。

7 月下旬，《望乡台》陆续登陆 QQ 阅读、微信读书等五十余个手机互联网读书平台，喜马拉雅听书平台的音频录制正在紧锣密鼓地进行中，未来可期。

这几天，我收到许多读者反馈，有的题写书名，有的给精彩章节作画，还有的同我热烈讨论《望乡台》的剧情，讨论人物形象，急不可耐地问我后续内容，问我国仪和玉珍的后来，问那个小皮箱里究竟是什么？我说：“自己看吧，剧透无耻。”对方反击我：“你是一个伪书迷！我严重怀疑你没看！”

我不但看了，还看得挺认真！借这个机会，我就正儿八经地谈谈对《望乡台》的看法吧，也算是我这个“伪书迷”的读书笔记。

可能是红学专家李明新女士的文章《都是红楼梦里人》开启了我对《望乡台》与《红楼梦》的对比理解，我觉得赵伟在他个人公众号里写的那篇《恭行于世，以不负君》一文中很准确地表达了他的想法，他的《望乡台》就是在向《红楼梦》致敬。

这种致敬表现在四个方面：

一是，《红楼梦》描述了庙堂里（上层社会官宦家族）的生活形态；《望乡台》描写的是田野里（底层社会布衣家族）的生活形态。

二是，《红楼梦》是文化形态的形而上，是阳春白雪，是“象牙”之雅；《望乡台》是形而下，是泥土草肥，是“生活”之俗。

三是，《红楼梦》是“万般皆下品唯有读书高”，是不事稼穑者的苦；《望乡台》以稼穑为荣，是稼穑者之乐。

四是，《红楼梦》的家族被社会制度主宰而死，是一曲家族由兴旺到衰败的悲歌；《望乡台》的家族顺应社会制度发展而生，是从衰败到兴旺的赞歌。

这些对比，我不敢揣测到底是不是作者刻意为之，但作为读者，既然有专家把两部作品进行对比，那我们自然也会刻意比较。更何况，作者在小说第四十五章中曾专门有一段描写，透露出《望乡台》写作动机的蛛丝马迹。

麻女出嫁前夜，要选几本书带到深山老林里的婆家去，那段文字如下：

麻女要的东西传到国仪耳里，国仪立即把写

字石板给麻女装好，又将前些年在壁州买回的书拿出，让麻女挑选。麻女挑了《三字经》《百家姓》《千字文》，又挑了《红楼梦》和《西游记》。国仪说："《红楼梦》《西游记》都是闲书，将来孩子们长大，不可过早看阅。"德辉说："爹，为啥是闲书？有一次马朝兴跟我说，《红楼梦》《水浒传》《西游记》《三国演义》是书中精品。"麻女说："弟弟，舅舅说得有理，年少不宜看闲书。"玉珍说："闺女到那深山老林里，也没有啥乐子消遣，农闲时翻看几页有何不可？"国仪说："闺女看倒没啥，我怕将来孩子们早看误事。我们小时，父亲也不叫看。"德辉问："为啥不叫看？"国仪说："那些书，要么钩心斗角你争我夺，要么胭脂香粉风花雪月，都是王侯将相达官贵人的故事，离我们老百姓十万八千里。我们耕田种地，风来雨去一身泥水，过日子最忌花里胡哨！那些写书的人，个个势利，只图撰奇写巧一味迎合，或者歌功颂德巴结权贵，眼里哪能关注草民生活？却不知，朝朝代代的文武百官，高居庙堂，须得五谷供养，王侯将相，有几个能体念草民辛勤？古往今来，到底还是草民众多。所以你爷爷说，教子莫读《水浒传》，学逞豪杰都命短，教子莫读《西游记》，耽误耕种棉花地，教子莫读《红楼梦》，不事稼穑喝西风，教子更莫读《三国演义》，阴谋诡计不能学。”蒲秀芳笑道：“哥哥你说这话，那古人写这书给谁看？”国仪说：“既是闲书，当然是写给闲人看的，庄稼人哪有闲工夫？”赵二姑说：“国仪，你把闺女养这么大，难道舍不得这两本书？”陈氏说：“国仪说得对，孩子们看这些闲书，不学长进。”

麻女就取出《红楼梦》和《西游记》，又选了《弟子规》《增广贤文》《女儿经》《山海经》《二十四孝》装进行李。

文章自古仁智各见，更何况小说？有句话怎么说来着？一千个读者就有一千个哈姆雷特。

以上，为资深“伪书迷”拙见，到此收笔！言未尽，下次再说。

我用一生抒写母语的自信与尊严

——写在《望乡台》电子书上架时，创作谈（二）

赵　伟

背景：《望乡台》电子书，自7月2陆续登陆掌阅文化APP、微信读书、QQ阅读等数十个读书平台以来，获得数十万手机用户的喜爱，也赢得了作家、文艺评论家、书画家的厚爱与支持。为帮助读者更好地理解和阅读《望乡台》，电子书制作方约作者写下此文。

创作初衷

《望乡台》的创作初衷，用一句话来概括，就是想用这部作品来向世人传递以大巴山为缩影的中国乡村的百年巨变。比如，从肩挑背驮牛耕马拉到汽车火车飞机等交通方式的飞跃式发展，从刀耕火种日出而作日落而栖的农耕形态到电话电视手机微信的现代化生活形态，从苛捐杂税的沉重负担到全部免除农税提留的轻松快乐；比如，人类永恒的话题爱情，从过去的父母之命媒妁之言，到自由恋爱甚至未婚先孕；比如，影响社会进程的宏大事件，帝制的消亡，国共内战的惨烈，抗日战争的胜利，新中国成立的欢欣鼓舞，大炼钢铁带来的环境破坏，土地制度改革激发出来的前所未有的生产力，改革开放市场经济下人们对传统文化、道德信仰、人生价值的丢失与迷茫，以至到今天，脱贫致富攻坚战、重拾文化自信、全面复兴传统文化、建设美丽乡村，等等。《望乡台》就是想反映这么一个宏大的历史进程，反映这些历史事件对老百姓日常生活的影响，展示“蜀道难难于上青天”的巴山蜀水自从有人类活动以来翻天覆地的剧烈变化，展现中国延续了几千年的农业文明向都市文明的转型，以及在这场转型过程中所折射出来的人性和民风，探讨社会重组下的人性去向。

这是从宏观上来阐述《望乡台》的创作初衷，微观上讲，我也是想为中国最底层的老百姓树碑立传，想写这个大时代里的小人物的命运。更准确地说，就是想弘扬和宣传故乡父辈身上那种“勤劳朴实、坚韧乐观、忠勇谦逊”的巴山文化和巴人精神。我从小生活在大巴山，后来又定居北京，因为工作原因，对其他文化也或多或少有些接触和了解，形形色色的生命状态和生活方式，各具特点的社会结构和行为规范，让我在反复对比中，越来越感觉到，我们的家教家风，我们父辈身上这些作为人类生存下去的、不可或缺的优秀品质，不能丢失，需要传承。这应该是对母语文化的极度依恋和坚强自信！

形成过程

小说一百章，一百三十八万字，从 1993 年 12 月开始写，一直到 2012 年 3 月出版，前后写了二十个年头。小说版有两次大的改动，一次是把手写的纸质版录入电脑，在录入的过程中对人物形象、文本结构、因果关系作了较大的修改。第二次是根据出版社提出的修改意见，从头至尾进行了一次精细的整理，包括年代符号的准确定位、“文革”内容的删减修改。但因篇幅长，修改一次的时间跨度大，难免还有个别字词和时空的谬误与疏漏，请大家在阅读过程中指出来，以便于再版时校正。

这部作品前后经历了五次较大的评审：第一次是北京出版社的责任编辑、编辑部主任、总编室对小说出版前的原稿进行的一、二、三次审读；第二次是小说入围茅盾文学奖评选时，评委们对出版后的小说版本的评审；第三次是剧本参加北京首届优秀剧本推选时，评委们对剧本的评比；第四次是影视制作公司的审读，因为公司要出钱拍摄，所以影视公司是带着近乎苛刻的眼光审读的，他们请人把小说读了一遍，把剧本读了 N 遍，读得很细，把里面的错别字和错误的标点符号都标识出来了；第五次是北京广电局和国家广电总局的审批，广电总局2017年6月在网上对《望乡台》的许可拍摄进行了公示。

大巴山腹地的巴中地区，曾是中国工农红军红四方面军的根据地，据坐落在通江县的红四方面军总指挥部旧址纪念馆史料记载，红四方面军由入巴时的1.44万人，到出巴时已有8万之众。川东北那个年代的男女壮年，全部跟着红军走了。我看过许多关于西路军的资料，在祁连山河西走廊与西北地方军阀马步芳之战，惊天地泣鬼神！西路军战亡将士中，有近一半的人，都是我故乡巴中的乡亲！多年前，我在甘肃张掖曾去看望据说是西路军女战士的两位老人，两位婆婆听了我半天夹生的普通话，面无表情，但当我说我是巴中通江人时，她们的眼里簌簌滚出一串泪水！……我至今想到这个情形，都哽咽难言。

巴中由于地处深山，交通不便，新中国成立后曾长期被列为全国重点贫困地区，越是贫困，越能体现人性与良知，越能体现道德与风尚。到我今天来重新整理这篇发言稿拟作网络推文之用时，巴中的机场、车站以及数条高速公路早已开通，我从北京到通江老家，只需四个小时就能到达！山里人的天地已伸展到四面八方，变得天宽地阔，畅通无阻。一个丝丝念念钟情于故乡的文字工作者，不可能对故乡这翻天覆地的变化熟视无睹。

我从山野到都市，生活环境的变化导致生存方式的改变，让我有一种惶恐，这种惶恐是深刻的，也是无助的，我眼睁睁地看着祖辈父辈流传在我身上那些为人处世的家教家风烟消云散。人们背井离乡，四散觅食，这种生存方式必然导致竞争失序、贪婪自私、人心叵测、同床异梦。千百年来建立的道德体系面临着前所未有的考验。

怎么办呢？我这握笔之手，无缚鸡之力，只能写一部书，来告诉我的后世子孙：我们的祖辈，曾经是这样的生活。

小说写到四十万字的时候，我的生活遇到极大变故，一度对生活心灰意冷，就在我准备放弃完成《望乡台》时，我的朋友劝我，你不想别人，也该想想你的孩子。我别的没有想起，唯独想起我儿子一个细节：他特别爱吃土豆，我问他，知不知道土豆长在哪里？他说，长在树上。玩笑之余，让我不堪回首：从我这一辈到儿子这一辈，短短十年，就已经不知土豆长在何处。于是，我下定决心，不管多难，一定要把《望乡台》写完。

框架结构

我在小说开端让一匹白马飞驰而来进入读者视野，为叙述拉开大幕；小说最后，一匹白马从电视屏幕里飞驰而去离开观众视野，为这百年叙述落下幕布，不过是受古人智慧的启发：人生百年，如白驹过隙。

我把《望乡台》的结构归纳为“一个点、四个三、三十六个人”。

一个点：就是那只小皮箱，这个小皮箱是整部作品的枢纽，也是所有人物演绎故事的因果。小皮箱是一面镜子，也是一块试金石，它测试着小说中人的道德品质、人物性格。

四个三：第一个三，是三种文化，即以山祖为代表的道家文化，以佛知为代表的佛家文化，以任定山为代表的儒家文化，这三种文化在望乡台相融相合。而作为主流的儒家文化在小说中又分为各民族共同遵守的传统文化、大巴山民风民俗的地域文化、改变人物命运的红色文化。第二个三，是三代人，即国仪与玉珍、德辉与树兰、子归与思凡这祖孙三代人的多舛命运。第三个三，是三个场地，即赵家四合院（含草棚）、老官庙场街（含大戏楼）、壁州城（含水码头）。第四个三，是三个群体，即以周掌柜、任定山、德余、赵默问等为代表的革命群体，以陈氏、麻女、蒲秀芳、赵二姑为代表的亲人群体，以李铁匠、徐屠户、白掌柜、杜郎中为代表的街坊群体。

《望乡台》共涉及三十六个人物，根据戏量划分，剧中人物分为四个层次：一是占小说容量60%以上的，有六个人：贯穿全剧的主要人物玉珍、国仪，其次是德辉、树兰，子归、思凡。二是占小说容量30%的，有七个人：陈氏、麻女、德鹏、德余、马朝兴、许文生、赵默问（赵默问的戏要多一些，因为他年轻时在望乡台插队当知青，跟当地老百姓结下了深厚的感情，多年后回来当县委书记，带领群众脱贫致富，最后累倒在工作岗位上）。三是占小说容量10%的，有二十一个人：段八、任定山、施书记、青姑、德俊等，还有到望乡台来支援教育事业的景老师，以及上山下乡为建设农村奉献青春年华的知识青年李红旗、黄晓红。四是剧中两个反面人物：雷世杰，淫欲之徒，是望乡台四合院灾难的罪魁祸首；蒋厨子，公报私仇，迫害干部。他们是我们这个族群里文化的阴暗，也是人性的阴暗。

出版花絮

小说完成时，我已从部队转业到北京市地方单位。那时候，各种形式的网络媒体开始出现。纸质书的生存空间已经受到严重挤压，更何况我是个无名小卒，又是一部百万字的长篇，哪个出版社敢冒风险给你出？如果不能出版，这就是一堆废字放在电脑里。

2011 年，大约是 6 月份，单位在郊区开会，傍晚散步时，走着走着就跟单位领导陈冬先生走到一起。陈冬先生问："赵伟，最近在写什么？"我如实回答："主任，我写了一部长篇小说。"陈冬先生说："能给我看看不？"会议结束回单位，我将文稿送给陈冬先生。半个月后，他把我叫到办公室，给了我一个邮箱号，说："把你小说的电子版发到这个邮箱吧。"我照做，小说发过去了，对方竟然是北京出版集团的董事长钟制宪，钟董事长看到小说后给我打电话，说得很直接："赵伟，我找编辑看作品，好就出，不好就不出，领导推荐的也不会出！”我很恭敬地说：“好的，好的。”

大概五个月后，我的手机响了，一个女声问我：“你是赵伟老师吗？”我说：“是。”她说：“我是北京出版社的刘娜，是《望乡台》的责任编辑，我们三审都审读完了，觉得您的小说写得很好，我们拟了个出版合同，我把电子版发给您，您看一下如果没意见，我们就开始排版。”

我那一瞬间差点精神分裂，一方面心花怒放，一方面潸然泪下！我故乡那些美好，终于可以传述下去了！

刘娜在出版合同中，给我的稿费版税是13%。我不知道这个比率是高还是低，就打电话问我军艺同学王大亮，他当时在解放军文艺出版社当编辑室主任。大亮说：“这是非常高的了，要在我这出，最多给你10%。”听大亮说完，我立即给刘娜回话：“完全同意！”

刘娜带着纸质版合同来到我的办公室。我十分庄重地签下我的名字。

2012年3月，《望乡台》面世。

《望乡台》小说出版，被列入2012年度首都精神文明建设大事记；中国作家网专门为《望乡台》开辟了一个阅读评论专栏，有五万多人次参与讨论；共青团中央《身影》栏目对这部作品的创作进行了在线采访；《望乡台》入围第九届茅盾文学奖评选，改编成剧本，在北京举办的首届剧本推优活动中，被评为十佳优秀剧本；《北京文学》（2013年）专门出了一期增刊，刊登《望乡台》的剧情简介、人物小传、故事大纲、个人创作体会。著名文学评论家张志忠教授在其评论文章中给予了《望乡台》很高的评价，新华社北京分社原分管文化的副总编肖春飞先生还为《望乡台》的出版发过通稿，多家媒体转发。

四川教域家文化传媒把它推送到网络平台上后，受到各界师友的厚爱，他们或写文章评论，或赐墨书法作品，这是朋友们对《望乡台》一份共同的热爱。

山　问

——《望乡台》读后感

杨春茂

书法家、教育家、诗人

独登险峰我为巅，
俯瞰众山自巍然。
揽风揽云揽日月，
问天问地问人间。

赵伟和他唯美的文学视界

王玉君

驻利比里亚原外交官、《中华英才》记者部主任

“文学，是岁月与生命的另一种存在，是对逝者的回忆与追思，是对今生的安抚与指引，是对未来的期盼与向往。文学，是追求唯美的信仰。”不论是正被热议的《望乡台》，还是赵伟的早期作品，“追求唯美，无处不在。”赵伟说，“文学不管以何种形态出现，‘美’是其存在于世的根本理由。”

——采访手记

在赵伟作品的年检中，有发表在《中国作家》的《把戏》，有发表在《昆仑》头题的《西行兵车》，有《中华文学选刊》《新华文摘》的转载……读其作品，文字干净，节奏跌宕，章法鲜明，呈现出独特而唯美的文学世界。

在百度搜索“望乡台赵伟”，中国作家网、人民网、新

华网、国际中文网……几乎所有大小网站，都能找到介绍赵伟的长篇小说《望乡台》的信息。在中国作家网专门为它开辟的评论专栏里，有人称“《望乡台》是一部悲悯厚重的人类心灵史”，有人读出《望乡台》揭示了中国二十世纪的四大现象：帝制消亡、生态毁灭、信仰丢失、道德紊乱；还有人说，《望乡台》是“中国传统美学小说的绝唱”。首都师范大学教授张志忠称《望乡台》规模宏大，气势非凡。新华社北京分社原副总编肖春飞称《望乡台》展示出中国从农业文明走向城市文明的裂变与迷茫。著名专栏作家关山远甚至把《望乡台》与《红楼梦》和《曾国藩家书》并题讨论。当然，还有关于《望乡台》的其他消息：入围第九届茅盾文学奖，改编的同名电视剧获北京首届十佳优秀剧本。

采访赵伟，见他身材魁梧，一头板寸，两道剑眉下目光炯炯，让人感到离开军营多年的他仍不失军人特有的果敢和英气。赵伟的朋友这样评价他：“仗义、孝顺、感恩”。他曾多次千里迢迢赶回故乡去看望生病的老师和前辈。

1990 年 3 月，赵伟参军入伍，驻守在青藏高原上。就是在那样的严酷条件下，他写出了《大衣》《西北魂》《彩虹》等中短篇小说，发表在《西北军事文学》上。青海省电台多次将他的小说录制成广播剧，这些小说后来被他结集成小说集《兵恋》，由敦煌文艺出版社出版。

1993 年，解放军艺术学院文学系首招九名战士，赵伟从数百万名士兵中脱颖而出，走进了军艺这所大学。在军艺，让赵伟以一种专业态度认识创作、认识文学。文学系请来当时几乎所有的名家教授，专家教授们毫无保留地阐述对文学的理解，渐渐塑造着赵伟独立的创作精神。

军艺毕业后，赵伟被分配到西北戈壁深处某部带兵，摸爬滚打使他练就一身强壮的体格。1998 年被调回武警北京总队，不久又被武警总部抽调撰写新中国成立五十周年献礼工程《深圳武警》和长篇小说《壁州兵事》。2000 年又调到第二炮兵火箭兵报社任编辑、记者，发表了大量的随笔、报告文学、人物传记。其中，《青海红》获青海省优秀短篇小说奖；《军人的生命之旗》获武警部队“中国武警风采”优秀报告文学奖；《西行兵车》获解放军小说新作品一等奖；《只待挽弓射雕》被《新华文摘》转载，总政治部召开作品讨论会，获第八届解放军报告文学新作品一等奖；长篇报告文学《深圳武警》获新中国成立五十周年献礼工程优秀成果奖。同时，出版中篇小说集《营盘舞》，《望乡台》也在这个时期进入创作高峰。

《望乡台》2012 年出版后，引起多方关注，《北京日报》等相关媒体和各大网站纷纷宣传报道。著名文学评论家张志忠给予小说极高评价。赵伟家乡作家协会也专门为《望乡台》召开了专题研讨会。

在赵伟家的书架上，摆着厚厚几摞获奖证书，其中有“新中国成立六十周年宣传工作突出贡献奖”和“北京市校外教育先进工作者”荣誉证书，还有优秀机关干部的证书。

赵伟说：“做文是业余爱好，做好工作才是本职，工作也是一种写作，是更具体更实效的写作。把身体当笔，在天地间穿梭，其乐无穷。”

赵伟跟无数平凡的中国人一样，不狂躁，不虚妄，坚持“诚恳做人，踏实做事”。赵伟经常骑车上下班，在他看来，骑车有诸多好处，同时也是作家了解社会体验生活的一种方式。

从创作题材上看，赵伟是个多面手，他曾受邀为《中外军事影视》和《中国国防报》专栏写稿长达数年，发表人物传记和随笔散文数百篇。他的随笔多次在《人民日报》发表，其中一篇《一个少年的蹦极》被《特别关注》和《课外阅读》两份杂志同时转载，并成为部分省市高中语文考试作文解析范文。他的评论也散见于各类报刊。他在《文人的失落并非文化的失落》中写道：“文学，是岁月与生命的另一种存在，是对逝者的回忆与追思，是对今生的安抚与指引，是对未来的期盼与向往。文学，是追求唯美的信仰。”不论是正被热议的《望乡台》，还是赵伟的早期作品，“追求唯美，无处不在”。赵伟说：“文学不管以何种形态出现，‘美’是其存在于世的根本理由。”

激情的光芒

——读赵伟及其作品

叶宏奇

北京市海淀区文联副主席

对赵伟的了解，我是比较彻底的，包括他今天口袋里有多少钱。

解读一位作家，除了熟悉他的作品，分析和考量他的人生履历也是必不可少的。从他的经历来看，赵伟可以算得上是一位天赋很强的作家。上中学时就参加过全国中学生校园文学比赛并获奖。当兵入伍后，青藏高原的圣洁冰雪和汽车兵的狂放粗野继续燃烧着他用文字来阐述生命的欲望。在那里，赵伟始终用文学的目光审视哪怕转瞬即逝的每一个细节。因此，还在当战士的时候，赵伟就已经在青海那片土地上崭露头角。

1993年，赵伟过关斩将，作为特招生被收入解放军艺术学院文学系学习。如果说这之前，他还是凭着自己的爱好和兴趣在触摸文学的话，那么进入军艺则注定了他此生已无法绕开文学的纠缠。

赵伟是一个感情缠绵之人。在他多达百余万字的小说作品里，他那缠绵的情感世界都是以十分真实的状态展示在读者的面前：小说中反复提到的那双黄胶鞋、那个“我”、那个来自花桥镇的兵、那个已驾鹤西归的“娘”……无不印证了那片固执地萦绕在他脑海里的情感的天空。在他的大多数小说里，他的空间建构都徘徊在青藏高原皑皑白雪和大巴山的青山绿水之间。正如他新近出版的小说集《营盘舞》的序言所陈述的那样：“我有许多自己的故事，也看到过许多别人的故事，自己的故事和别人的故事，都常常让我感动，让我流泪。流出的眼泪使我这张冷漠的马脸变得温暖了许多，无情变淡，冷漠减少，狠毒降低。”——他经常面对苍天而歌而哭而嚎，手里拿着那支从大巴山带来的散发着暗黄色的铜箫。

阅读赵伟的小说，快速的叙事节奏就像坐车在高速路上急速行驶，道路两旁的树木和群山目不暇接地向你迎面扑来，让你眼花缭乱。这在他的长篇小说《壁州兵事》中有深刻的体现。在这部小说里，作家很少展开大规模的描述和参与其中的感情互动，更多的是忠实地记录着发生在武警壁州支队的一连串事件。作家完全以俯瞰的姿态出现在小说之外，让那些经过精心编织的故事去见证自己的美学追求。除此之外，他的其他小说也能充分证明这一观点。如中篇小说《呼啸而来》《夫妻结》等等，都是一种近乎原生态的叙述，只有生活的本真，看不见矫揉造作的手工痕迹。这就让读者常常坠落在他的故事里忘记了自己。

赵伟是一个很容易感情冲动的人，他经常有跟人打架的壮烈而宏伟的场面。因为此，他在生活中吃过许多亏。但是他丝毫不见收敛的迹象。在一次关于他的作品讨论会上，大家都谈及他的打架，他竟满怀激烈地发表了一通犀利言辞，痛斥涵养的虚伪性，字字如刀，句句如枪，直指人性虚伪的深处，后来他整理成文发表，据说一大批读者读后决定今生要敢于站出来打架。

赵伟的激情为他的创作带来了不竭的力量。可以说，这愤世嫉俗的激情一直在驱动着他的创作。他一边打架，一边驾驭着他的独具魅力的文字在艺术的天空里长驱。他什么都写，小说、散文、报告文学、评论，从不写诗的他写出第一首长诗就发表在《人民日报》副刊头条。他的报告文学几乎是写一部就获奖一部，部分章节还被《新华文摘》转载。他天马行空，独来独往，却又主编着一家报纸的随笔，莫言、李存葆、余秋雨、陈染等一些文学大家的稿子他也能弄到手。他的文字朴实无华而又清新亮丽，总是闪烁着激情的光芒。

澎湃的激情始终充满着赵伟的生活和写作，因为此，朋友们在一起聊天时，总要谈到他的一些细节，总是要问："赵伟最近写什么东西没有？"言语之间，透露出一份浓浓的期盼。

赵伟：一个通江人的传说

线 条

诗人

一

赵伟，以前我并不熟悉。

2005 年，在编《光雾山文学》(《巴中文学》前身）第 5 期《巴中籍外地作家专辑》时，我第一次看到赵伟的名字。在其配图简介中，看到他的文章被《中华文学选刊》《新华文摘》转载，并被翻译成英、法、日等文，便对此人颇感兴趣。他那组《江南的四个话题》，思想蹊跷，文字犀利，便一直以为他是写随笔的。后来，断断续续听朋友们提及此人，才知他的主业是写小说。《通江文艺》前主编黄定中先生曾说：“有生之年，能看到通江走出这样一个青年作家，心愿足矣！”黄老不擅夸人，能说出这话，这激起了我对赵伟更为强烈的探寻之欲。

在一次笔会中，散谈间，不知谁说起，在百度搜索“望乡台赵伟”五个关键字，便能看到此人的相关介绍。回到家，我便在百度中搜索。果然，在中国作家网、人民网、新华网、国际中文网……几乎都能找到关于赵伟长篇小说《望乡台》介绍的讯息。中国作家网还专门为《望乡台》开辟了评论栏目，全国各地网友参与讨论达五万多人次，褒奖之意溢于言表。有人称它是一部“厚重悲悯的人类心灵史诗”；有人读出《望乡台》揭示了中国二十世纪的四个毁灭：帝制的毁灭、生态的毁灭、信仰的毁灭、道德的毁灭；还有人说“《望乡台》是中国传统美学小说的又一次美轮美奂地唱吟”。首都师范大学文学院教授张志忠称《望乡台》规模宏大，气势非凡。新华社北京分社副总编肖春飞称《望乡台》展示出中国从农业文明走向城市文明的裂变与迷茫！作家关山远在《家风浩然　几度沧桑》中，说《望乡台》是一曲耕读传家的悲歌。同时，在网上也了解到有关于《望乡台》的其他消息：入围参评第九届茅盾文学奖、改编成51集的电视剧被评为全国十佳优秀剧本……

当然，还看到中国环球网在国内新闻头题刊发他的批评文章《伪装个性和道貌岸然是中国当代许多文人的共性》，并得世界各地华人的热烈呼应。

在共青团中央网站《身影》栏目中，一篇关于对赵伟的在线采访报道，让我对他的初涉文学有了初步了解。

1984年，还在上初二的赵伟，写了他人生的第一首诗，题目已经记不清了，此诗不过十行，大意是他骑在牛背上，双手捧一支竹笛，夕阳下山，他吹笛，蝴蝶们都到路边听笛声。这首诗当时被黄定中先生发表在《通江文艺》上。这是赵伟的处女作，也成为他文学之路的起点。

三十年后的 2015 年 9 月，黄定中先生仙逝，在我们去吊唁的路上，接到通江文友发来短信，说赵伟要从北京专程赶回通江，为黄先生送行。我不大相信。市场经济把人们的势利之心引导得无边无际，通江，还真有这样的人，为报师恩，不惜千里奔波？在追悼会现场，果然看见了赵伟。悲伤和劳累，使这位笔名叫佛客的传说中的男人显得分外憔悴。我与他握手的瞬间，能看到他眼里丝丝泪痕。我的心突然漫无边际地激动。如今的大巴山里，真还有如此重情重义的人。此事在朋友圈里引起许久的赞叹和感慨！

做文与做人，历来被世人反复研讨，人品与文品，也的确有着不可分割的关联。

二

为申报巴中石刻艺术之乡文化遗产，我随巴中市文联的领导到北京递交申报材料，顺便拜访巴中籍在京的艺术家，第一次见到传说中的赵伟，是个朴素壮实的男人，即便离开军队转业多年，还是保持着军人特有的果断和刚毅，一头板寸，两道剑眉，话语不多，说一不二，没有虚套，聊过一阵，渐渐熟络，话多些了，也是点到为止，不卑不亢。初始以为这人恃才傲物，但随着交流，你便能感知他内心那份对朋友对乡亲的真诚与热情。

赵伟说，他少年时代印象最深的有三件事：一是天天吃红薯，吃得人呕吐。二是傍晚经常有人满山遍野追猪追鸡，因为它们越圈而逃，不追回就是家庭财产一大损失。三是夜里在油灯下一边干农活，一边听大人们讲各式各样的故事。这为他以后的文学创作，尤其是《望乡台》的创作，提供了丰富想象。

赵伟 1990 年 3 月入伍。农村青年，尤其是贫困地区的农村青年，考不上大学，当兵就成了实现人生理想的唯一出路。莫言和阎连科都说过，农村人当兵，首要目的是找碗饭吃。他也一样，但他们这个年龄段，是中国实行计划生育政策之前出生的，人多，竞争激烈，当兵也一样。赵伟的父母都是老实巴交的农民，没有社会关系，体检后被人挤掉，赵伟天生胆大，立即去找接兵干部，当面汇报自己的情况，接兵干部颇感兴趣，到他家里看了他发表的“豆腐块”，尤其是看到他的散文《秋之歌》获得全国中学生作文比赛一等奖，主动接纳了他，使他穿上了军装。

赵伟的部队是青藏高原一个汽车团，天寒地冻，严重缺氧，紫外线强。刚去的头半年，经常流鼻血，头痛，睡不着觉，两脸紫红，俗称“红二团”。一泡尿出去就成了冰柱，不戴手套手皮就会粘在铁板上。新训班长说：在高原当兵，必须练就耐寒能力。寒冷也就罢了，最难耐的是想家，一封信来去二十天。有首歌，一唱就哭，大意是：儿当兵当到多高多高的地方，儿的手能摸到娘望见的月亮，儿知道，娘在三月花中把儿想，娘可知，儿在六月雪中把娘望……

1991年10月，部队建团史展览馆，赵伟参与其中，整理史料的过程中，得知这个团参加过抗美援朝、保卫珍宝岛、对印反击战以及青藏公路的修建，于是，他写出短篇小说《大衣》《西北魂》《彩虹》《青海红》等中短篇小说，相继刊登在《西北军事文学》上，青海人民广播电台《文艺星河》多次将他的小说录制成广播剧。1992年，这些短篇小说结集成小说集《兵恋》，由敦煌文艺出版社出版。

在赵伟命运的每个关键拐点上，都是文学的因素左右了他的去向。解放军艺术学院文学系1993年首次招入战士大专班，赵伟从全军百万士兵中脱颖而出，成为十个学员之一。军艺上学，让赵伟用一种专业的态度认识文学，认识创作。军艺文学系的教学方式十分特别，没有固定课程，只是请著名教授学者作家来讲课。谢冕、张颐武、王蒙、莫言、李荐葆、朱向前、张志忠等前辈们常来讲课，阐述他们对文学的见解。这些大家的观点，循循善诱，让赵伟在往后的岁月中渐次形成自己独立的创作精神。

在军艺毕业后，赵伟被分配到兰州军区第21集团军下属一个坦克团，部队位于戈壁深处，当了一年排长，后调到师部当宣传干事。1998年调回武警北京总队，不久，被武警总部文化部借调，撰写新中国成立五十周年献礼工程丛书《深圳武警》。在深圳采访了八个月，《深圳武警》完成后，应文化部部长之约，写出长篇小说《壁州兵事》。2000年，第二炮兵《火箭兵报》扩版招人，赵伟被调到第二炮兵政治部火箭兵报社任编辑记者，直到2008年年底转业到地方。在报社工作生活的八年，采访、写稿、编辑，对文学创作的诸多元素有了更加深刻的理解。一些作品开始获奖并被转载，并出版了中篇小说集《营盘舞》，《望乡台》也在这个时期进入创作高峰期。

三

赵伟上军艺时就开始写《望乡台》。上军艺前，赵伟母亲去世，《望乡台》这个名字，就是赵伟在对母亲的思念中产生的，他希望把母亲的生命形态用文字的方式呈现出来，作为铭记。断断续续写了二十年，整个写作过程分为三个阶段：

第一阶段：1993年到2000年，纸笔写作。这几年用手写，大约写了三四十万字，由于工作单位调动，断断续续，不成系统。

第二阶段：2000年到2008年，电脑写作。在把手写的内容录入电脑的过程中，赵伟发现原来那些故事的描述方式、语言节奏、人物穿插，都显得十分肤浅幼稚。同时，曾因创作长篇报告文学《深圳武警》，在深圳采访，改革前沿的繁华喧嚣、人性奔放、文化包容、品质异化、观念裂变，让赵伟对生活有了更开阔的认识。《望乡台》因此经过脱胎换骨的重写。

第三阶段：2008 年到 2012 年，修改。初稿写成，利用三年时间进行了四次修改，尽量让小说中所有的元素蓬勃蔓延、浩大深刻，尽可能让小说有厚度、有力量，见纵横、见整体、见人性、见文化！

小说用三条线索并行展开，纵横交错，贯穿始终。

主线：国仪与玉珍、德辉与树兰、子归与思凡，三代人爱情婚姻、多舛命运的日常生活。

副线：任定山、周掌柜、段八、青姑、雷世杰、德余、德俊、马朝兴、许文生、德鹏、李红旗、赵默问等风起云涌变幻莫测的政治斗争。

第三线：麻女、苦海、佛知、陈尚林、王顺光、白幺女、赵简、小龙、小凤等乡亲乡情的民风民俗生活。

小说出版后，立即引起多方关注，《北京日报》等相关媒体和各大网站纷纷宣传报道。当代著名的文学评论家张志忠更是对小说给予极高的评价。通江作协也专题为《望乡台》召开了座谈会。

四

从创作题材上看，赵伟是个多面手。他的随笔《一个少年的蹦极》在《人民日报》发表后，被《特别关注》转载，并成为多个省市高中语文考试的作文解析范文。他对一些文章和小说的评论也散见于各类报刊。他在《文人失落并非文化的失落》中写道：“文学，来自岁月，又经岁月检验，是对逝者的回忆与追思，是对今生的安抚与指引，是历史的不朽，是未来的期盼。唯此，文学，才会被人捧在眼里，虔诚阅读，才会伴随生命走向轮回、走向永远！一切派别、形式和主义，都将不再喧哗和躁动。”

赵伟是一个故乡情结格外浓厚的人，他的几乎所有的文学作品，都弥漫着一片浓浓的故乡情绪，“我对故乡的情感再也不会成为‘可回可不回’的话题，她成了我的心灵朝拜，生死归往”。

赵伟，一个通江人，一个传说中的朋友，一个用文字叙述故乡深厚与宽广的写作者。在写这篇稿子时，我与他短信相约：“有时间回来喝两盅！”他回：“必须的！很想念你们！”接着他又回：“兄弟同行，天长地久！”

“如此盛大，如此纤微，如此独特”
——《望乡台》之文本解读

林三夏

记者，自由撰稿人，青年作家

和赵伟初次相见是在阆中古城，他身穿深色羽绒服，手持戒尺，面色微黑而风度沉稳，看上去就是条从军多年的精壮汉子，倒并没太多的书生气象。其人不苟言笑实则蔼然可亲。由于在外多年，赵伟的普通话已经没有川人口音，但他表示“我只要回到老家，就会自然而然地说起四川话，但是到了其他地方，又会自然而然地说起普通话”。

阆中和巴中同属川东北，于赵伟而言也算半个故乡，他盛赞了此处的美景，表示“阆中的人文景观和自然风物一样令人心折，怎不叫游子心心念念歌以咏志呢”。

而他的《望乡台》，正是游子献给母亲的敬贺之礼。

说来惭愧，在阅读这本书之前，我根本不知何谓“望乡台”，以为只是作者随意杜撰的地名。查阅资料始知，望乡台原指古代久戍不归的人为眺望故乡而登临的高台，后来由实入虚，附会佛教传说，说是离世的亲人行过忘川奈何桥之后，登临此台，会投向阳间最后一瞥。再看这书，一下子就明白它不但是一本寻根之书，也是一本悼亡之作。

赵伟在很年轻的时候就萌生了关于这本书的创作冲动，那时他刚刚考上军校，无限的可能性正在身后打开，然而他却沉浸在丧母的哀恸和自怜中，用圆珠笔在本子上一笔一画地写下“望乡台”三字，坚定而全无方向，只是一种无意识的直觉。他已预知他的生命将因这本书而被收藏，而他的未来也将因这本书而被安放。赵伟在自序中写道，这本书他写了二十年，又修改了十年。三十年，半辈人生。诚然矣，数十年辛劳殊不寻常，个中苦甘何足为外人道？罗兰·巴特说：“文本诞生，作者已死。”在这样一部卷帙浩繁的作品面前，作者隐蔽了自身，甚至读者也是虚无，更多维更立体的阐释空间在文本系统内部自由流转。

其　一

望乡台在赵伟的笔下再次由传说中的虚无之物转向实在的本体，成为巴蜀大地某座山坳坳中一个确凿的地名，那里茂林修竹，桃源深深，鸡犬相闻，男耕女织。一座四合院加上一处吊脚楼，就足以生育容纳众多小儿女，俨然自成一个独立王国。

然而生逢乱世，不存在理想主义者的乌托邦，书中甫一开头，就是桃花干农活时小解被人偷看调戏愤而自杀，国仪身骑白马回家报信，这一情节充满古典式的戏剧张力，而国仪的脑后也确凿拖着一条大辫子的——那是风雨飘摇的晚清，礼义廉耻的训诫虽在，而人心早已不古，求新求变迫在眉睫，而在新与旧之间没有第三条出路。桃花应该是读《列女传》长大的，本是润物细无声的教化，却在无形中成了戕害于她的利器，让人想起《儒林外史》中王玉辉的女儿，怎不叫人感慨唏嘘！

封建帝制必然瓦解的征兆，不在那些浩浩荡荡的革命队伍中，也不在那些尸位素餐的官员中，而是在这看似极微不足道的小女子的自尽事件中。

其　二

作者对笔下人物极亲极熟，娓娓道来，如数家珍，几位主要人物皆隐其姓，如果没有特别加以留意，读者根本不会知道这四合院的一大家子是姓赵的，而赵氏乃是作者的家姓。书中的玉珍、树兰、德辉直接取用作者家人真名，虚虚实实、假假真真，这一举动无疑透露出其为赵氏族人树碑立传的心理内涵。

望乡台四合院百年浮沉，写的是小家也是大家，写的是民族也是世界。夏志清认为中国作家身怀道德使命，在这样的前提下，好的作家应该既能深入挖掘中国社会病根，却又能同时体现艺术及永恒人生视野，可以说，赵伟以《望乡台》一书实现了极大程度上的自我完成。洋洋洒洒百余万字，不但淋漓尽致地书写了家族史诗，也成功地引生了一种国族寓言的向度，而这正是五四以降的作家们为之心驰神往的叙事母题。

《望乡台》全篇，规制极浩大，然而行文如针脚密缝，可谓滴水不漏，作者写乡野风物，事事关情，黑狗白猫小牛犊，皆可入画，又写杀猪，别开生面。另有望娘滩渡船、吃观音土等虽细枝末节却饱满坚挺。大凡有过乡村生活的人，读这一本《望乡台》，总有许多心领神会处，甚至哑然失笑，所谓壶中日月袖里乾坤，中国的上下五千年掐头去尾，似乎也能在书中一一找到对应，一部好的作品就该是这样无穷尽，甚至不断生成新的意义，以供后来者解读。我读此书，倒是茅塞顿开，解了不少疑团，同为川东北人，我对祖先百年前的生活只有想象而无亲历，很多细节都不甚了了，勉强描写出来也是流于表面，而《望乡台》则描绘了大量已经消失了的乡村场景，既大开大合，亦精耕细作，作者想必花了不少工夫做过相关考证，读起来趣味横生，在此可浮一大白。

其　三

《望乡台》之行文，直白爽利，故事中的各色人物自行推进情节发展，作者心事隐而不显，或需徐徐图之，大有让角色说话而作者身退的意思。及至描写男女风月之事，迥然不同流俗，几乎不用笔墨描绘性驱力的起承转合，而是点到即止，甚有哀矜与怜悯，如此克制，竟然异常动人，写国仪与玉珍新婚，玉珍哭嫁；写背二哥与麻女在野外乍然相逢，差点在谷堆前做出事来，却意外成就姻缘，写得真是好，倒让人疑心作者本人化身成一个《西游记》当中的蟭蟟虫儿在旁边偷看过，不然其情其状，绝不会描写得如此细致。由是观之，作者想必是个好人。

其　四

每一章节的开头的俚语民谣，应该是望乡台最醒目的文本特色之一。

这些民谣就是《诗经》里的国风，虽非大雅正声，却自有民间的活泼喜乐，可以与山川草木相亲。让我惊喜的是，里面的不少民谣皆是我小时候听闻过长大后也念念不忘的，比如“红萝卜，蜜蜜甜，看到看到要过年。娃儿想吃肉，爹娘莫得钱。——《望乡台・红萝卜》”这真是小时候拿来当歌唱的。我川北民谣朴实风趣，要紧处皆在后两句上，比如这首民谣的乃是爹娘没得钱，娃儿又想吃肉，只好以红萝卜糊弄之。

本书的民谣中，蚂蚁的意象出现得最多最频繁，它要爬呀爬，爬到望乡台，去找爹和娘，去找爷和奶，没有前后语境关联的话，简直叫人一头雾水，但是读进去了就会发现，作者笔下的蚂蚁，其实就是每一个微渺的生之存在，在洪荒宇宙般浩大的世界里卑微地生存着，而最高的桎梏和最深的牵挂无他，唯亲情而已。

这血肉模糊的亲情，像那个神秘的箱子一样，成为贯穿全书的一条暗线。

其 五

“台者，持也，言筑土坚高，能自胜持也。”这是《释名》对“台”的解释。望乡台，我可以理解为它本来就是一座戏台。

本书中频繁出现的戏台布景，看似无心，实则在强化虚实之间的对比，因为戏中人人中戏互成镜像观照。

小小一方戏台，却是许多大事件的旋涡中心，因为告示总是贴挂在戏台上，批斗也总是发生在戏台上，它既是预演也是总结陈词。品读再三，竟然有《红楼梦》中太虚幻境的意思，非但提纲挈领且统筹全局。“哭的哭来笑的笑，搭伙去赶老官庙，老官庙的戏台上好热闹，哭的哭来，笑的笑。——《望乡台·哭笑》”其实《望乡台》的行文，极其克制内敛，全文都找不到浮夸的炫技式表演痕迹，以至于看上去几乎像是纯粹的白描，但作者显然有更深的意图蕴藏其中，值得读者探险寻宝，而即使空手入宝山，最后也总会找到几个彩蛋。

让我们期待这本《望乡台》的命运。

乡愁，其实是对母语的牵挂与眷恋

——写在《望乡台》再版之后，创作谈（三）

赵 伟

长篇小说《望乡台》2012 年 3 月北京出版社首次出版，2022 年 4 月作家出版社再版。在纸质书的生存空间越来越逼仄的境况下，作家出版社还决心再版，体现了出版社对这部小说的喜爱、对作品呈现出的话语体系的认可和宣扬。首版和再版，不同的出版社，不同的出版人，反映了他们对母语文明的共同牵挂与眷恋。

一、母语文明的最初启动

每个人对母语文明的感知和领受，首先是自己的母亲。不论这位母亲是否识文断字，是否知书达理，她的言行举止便言传身教着她诞生的生命，文化的延续也因此进行最初的启动。曾与人讨论中国人的信仰，反复琢磨，感觉中国人似乎只是信仰母亲。例证是，你在一个人面前骂佛可以、骂儒可以、骂道也可以，甚至骂他父亲也不见得他真生气，但你骂他的母亲就不行，立即跟你玩命。

《望乡台》自始至终，充满了浓烈的母语依恋。外祖母、祖母、母亲，这三个女人言传身教，构成了我的整个人生意识，也是我感知母语文明的源头，同时也造就了《望乡台》的话语空间。

外祖母年轻守寡。外祖父死于1949年新中国成立前，他给人家打短工，食量大，分得一升黄豆，那人跟外祖父开玩笑，说如果外祖父把升子里的黄豆能吃下多少，就补多少。外祖父一口气吃了半升，结果回家口渴喝水，半夜撑死。当时外祖母膝下有大舅、母亲、小舅三个孩子，肚子里还怀着小姨，有人指点外祖母找恶作剧者打官司，外祖母抹去泪水，说："不怪人家，要怪只怪我家男人没读过书。"祖母毫无怨言，独自拉扯三个孩子，小姨是外祖母正在水田里栽秧时生下的，母亲说，外祖母正弯腰在田里栽秧，肚子一阵剧痛，小姨出生，外祖母就着田里的水涮了涮双手的泥，把小姨从裤子里捡出来，撩起衣襟抱在怀里，出水田回家。月子坐了十天，外祖母就又下地栽秧。也许正是这月子没忌风忌冷，外祖母落下牙痛的毛病。我小时候因为断奶在外祖母家住过两年，经常看到外祖母捂着半边脸，不管多痛，外祖母都不会吭声，她只是一口一口吐清水，然后拿做鞋的长长的大针戳那颗痛牙，反复戳，戳得满嘴是血，我不敢再看，外祖母却喝一口水，咕嘟咕嘟漱过口后朝着野外的荒草丛中吐出。印象中外祖母尝试过各种减轻牙痛的方法，最终痛不过时，她就把那颗痛牙拔掉，自己用钳子铁丝往外拽扯。我当兵走时，外祖母嘴里只剩下一颗独牙。我去告别，她笑得合不拢嘴，摸着我的手，说："娃娃好生去当兵，莫让那些领导生气。"外祖母去世时八十一岁，我未能回家，阴阳两隔，我在阳间只留下外祖母那满脸皱纹笑得如花开一般的善良面容。

祖母姓任，娘家是大地主，祖母的父亲含冤而死，但祖母从不对人说起。有几年祖母一上街就挨批挨斗，自此她不再上街，那个年代唯成分论，她的五个儿子都被限制了发展途径，祖父常把怨气撒在祖母身上，甚至动手打她，但祖母从不还手，也从不争辩，这似乎成了祖母生存的原则。我上高中时，祖父还经常发火，祖母总是一笑了之，顶多就回一句："你是对的，你都是对的。"自我记事起，我从未听到过祖母半句抱怨，对他人、对自己、对社会、对生活——祖母从不抱怨。我母亲去世时，祖母已经八十高龄，祖母知道我喜欢穿布鞋，她泪眼婆娑，笑着对我说："你妈死了，没人给你做鞋，我给你做……"祖母去世时八十四岁，我因部队演习，同样未能回家，但祖母那恬淡的笑脸刻印在我的脑海里，随岁月的增长而越发清晰和明白。

母亲出生于上世纪四十年代，老实巴交规规矩矩的农村妇女。母亲去世得早，一辈子都没出过大山。但母亲在世时一直教育我："与人为善，莫争长短。"母亲从小受到外祖母信佛的影响，对善恶因果循环报应深信不疑，嫁到赵家后，祖母也信佛，因此婆媳相处犹如母女。母亲是新中国成立之后出生的女性，她既有外祖母的坚韧，又有祖母的大度。我家地处巴山深处，交通不便，物资匮乏，土地贫瘠，祖祖辈辈都在温饱线上挣扎。因此邻里之间一针一线一草一木都看得十分紧要，总有那好贪便宜的人，路过别人的田边地头，顺走一棵菜，拿走一根葱，隔三岔五，一只鸡不见了，一把镰刀找不到了……父亲经常为此大为光火，要去找人家干仗，总是被母亲拉住，她劝父亲："算了，左邻右舍的，缺少这样也断不了活路，伤了和气不值得。"我原本有兄弟姐妹五人，只养活两个，其余三个都因山村条件太差而早早夭亡，我不知道母亲有多少个夜晚以泪洗面，我只记得，在我上小学时，坐在教室里，时常会看到母亲的脸出现在教室的窗口。后来明白，她是要亲眼看见我还活着才能够放心。母亲的过早离世，跟她过度操心和劳累密切相关。她这一生，没有自己，只有儿女。我至今认为，母亲一直都还活着，活在我的血液里，我在哪里，她就在哪里。

从我懂事起母亲就给我灌输"与人为善、莫伤和气"的做人原则，这话古已有之，是一辈一辈的先人们用生命和时光总结出来的经验，也是我们这些后辈当谨守的法则。

北方工业大学中文系的几位师生采访我时，曾谈到创作的原动力，我说起源其实也跟山区贫穷有关，少年时代在学校读书，别的学生有各种各样的玩具，我什么也没有，很自卑，找不到自己存在的价值。有一天，老师觉得我那篇作文写得好，就给全班同学朗读，那一刻，我幸福至极，那种遍体光亮的感觉一举奠定了我人生的快乐观！从此发端，至今未改。

写作不仅带给我快乐，也切实改变我的命运：母亲从生病到去世几乎都是我的稿费支撑着对她的抢救、因写作被特招进入解放军艺术学院文学系读书、转业时因为发表的作品被地方单位接收。当然，更多的是由于写作认识了许多的朋友，并得到他们的关心支持和厚爱。我用三十年的时光专注于它，早已超越了写作的范畴，它成了我的生活，成为我生命的痕迹，以及我与这个社会相关相联的凭据。《望乡台》再版的消息传出，书尚未出，已有数千订购——文学创作，已不仅是一种快乐，这个行当于我有份恩情，千山万水，风雨兼程，无法抛舍。

二十一世纪初，正好是中国网络媒体强劲爆发的年代，以手机为代表的电子产品末端阅读功能的无限开拓，很多报纸刊物因订数太少而停刊。纸质书的生存空间越来越窄，几乎到了退出历史舞台的地步。我从部队转业到地方，那时候《望乡台》初稿已成，正在进行第三轮修改。在纸质书濒临绝望的呼声中，我对《望乡台》的命运也满腹酸楚，无限彷徨。这么长的一部小说，作者又是一个无名小卒，市场经济下出版社都是自负盈亏，作品能不能达到出版水平？即使达到出版水平，哪个出版社敢冒风险出版？好在，我经过部队多年锤炼，内心还是坚定的，信念还是执着的，值得追求的东西不能仅仅用金钱衡量。于是，在挣扎中默默地告诫自己，无论如何，做人做事都要善始善终。

《望乡台》我写了二十年，又修改十年。三十年，半辈人生。身边许多人事皆成荒冢。远方的乡土，只能或隐或现于我的生命和小说里。回忆三十年前在军艺文学系的宿舍里用圆珠笔在方格纸上写下“望乡台”三字的情景，恍惚就在昨天，其实已过半生。

随手一翻风雨过，梦到深处故乡明。

人，或许就是一段一段地活着，下一段旅程，不知遇到什么人、什么事，产生什么情。锥心和舒心，终会变成一段经历，变成一段回忆。生离死别、娶嫁离散，乃至春夏秋冬、改朝换代……见了面，或熟视无睹，或相视一笑，都擦肩而过，成了对方眼里的匆匆过客！

纵然举案齐眉，到底意难平！

但是我们，都要活着。

努力活着，一辈又一辈地活着！

活着，便有故乡。

活着，便有母语。

故乡何处？生死归往。

《望乡台》，向故乡和母语致敬。

二、关注其实是内心深处的情绪回响

从首版到再版，十年间，不同人群为《望乡台》发出不同的声音。中国作协副主席莫言称《望乡台》是一部巨著。著名文学评论家张志忠撰文说："《望乡台》规模宏大，气势非凡，语言精美，写乡村、写底层百姓，是民族心灵的清醒与抚慰。"新华社北京分社原副总编肖春飞称："《望乡台》抒写了中国的百年乡愁，是继《红楼梦》《曾国藩家书》之后又一部传承中国家风文化的精品力作。"《人民文学》编审杨海蒂在访谈中写道："这座望乡台，正如川陕交界的巍峨大巴山，既有坚硬的石头，又芳草遍野鲜花盛开。《望乡台》是作者向故乡和母语的深深致敬。他看见故乡的高山长水、青瓦炊烟，他看见浓浓的乡愁、慈祥的父母、人间的恩爱……"北方工业大学中文系研究《望乡台》师生们分别撰文："书不尽的民族记忆，道不完的百年乡愁。承载着鲜活的民间百态，是我们中华民族的'文化记忆'，它是长时性的，指向遥远的过去，形成一个历史的时间轴，不仅融合历史与未来，还可以兼容时间和空间。"《文艺报》副刊部原主任余义林说："《望乡台》在向中国传统文化致敬，也是一部中国传统文学抒写方式的绝唱，极具东方文学和美学的诸多特质。《望乡台》是一部中华文明的血脉，其成功之处，是把新旧中国百年间的天地翻覆，缜密而鲜活地编织进赵家人的命运里。正是因为有了这百年历史的背景，赵氏家族祖孙三代的故事才有了深刻和灵魂，有了不同寻常的意义。”中国红楼梦学会理事、曹雪芹纪念馆原馆长李明新把《望乡台》与《红楼梦》作对比：“《红楼梦》写贵族生活，舞台是大观园，精雅细致；《望乡台》写乡村生活，宏阔粗犷，两部作品都触及人类精神，一样深邃和放达。”著名文学家、编剧石钟山寄语：“希望大家都来读读《望乡台》，读读中国二十世纪一百年间，中国从农业文明走向城市文明的巨变中我们这个民族所展现的道德情怀。”巴中市委宣传部原部长涂虹说：“巴中市委市政府高度重视《望乡台》这部作品，也请专家对它进行了研究解读，《望乡台》是大巴山亮丽的文化名片。”四川文艺评论家协会主席李明泉在成都主持《望乡台》研讨会时说：“社会各界的领导和专家齐聚成都，研究讨论长篇小说《望乡台》，这是巴蜀文化的大事喜事，大家畅所欲言，从不同角度不同层面分析解读了《望乡台》，充分展示了这部巨著的史学价值和文学意义。”

当然，还有全国各地的书法家为《望乡台》的题辞题字：朱向前、峭岩、连俊义、杜学锐、陈婷筠、杨春茂、雷涛、雷长安……

所以，当我看到新华社两位年轻记者在他们的电文里写到“在‘文字失语’越来越被重视的社会问题之时，《望乡台》从刻画乡村生活、百姓形象的文字中，透射出中国家风文化与母语文明的传承”时，我认识到，不同群体对于《望乡台》的兴趣，可能正是因为书名这三个字激发了他们内心深处那永不熄灭的情绪：在乡愁中对母语文明的牵挂与眷恋。

三、谦恭之下更能看见山高水长

《望乡台》再版后，熟悉我的朋友们都纷纷提醒我，千万不要骄傲自满。那些经历过岁月风云明白生活真相的前辈更是直言不讳："人生绝不仅仅只有文学。"听着他们的谆谆教诲，我感到温暖，这些嘱咐都是最真诚的关怀。

其实，当《望乡台》的第一声赞美出来之后，我就一直告诫自己，生活深不可测，文学同样深不可测。我警示自己：恭行于世，以不负君。此处之"君"，不仅指人，也指我置身其间的斑斓生活。

敬畏，是我从三位母亲的身上总结的人生信念。万物齐存，互不相害。作品与生活，只不过是相互印证一个人生的存在。自己的理论不见得就是别人的理论，自己的对错不见得就是别人的对错，自己爱听的声音不见得就是别人爱听的声音。唯一能被众生接受的姿态，就是：谦恭。

我想，我的祖先奉行了千百年的"中庸"其实质就是"谦恭"，谦恭不是取悦，更不是阿谀，它既不媚上，也不欺下。它对天地万物都真诚相待、善良以对。我想，这也就是为什么我们汉语言对人性启发的源头是"人之初，性本善"。这里的"性"，不仅指人性，还指民性和国性。

中国历史，是一部“你方唱罢我登场”的历史。每一次的社会重组，就像一次重新洗牌，稀里哗啦中，铺展出各种人性去向！我写《望乡台》，就是对这些去向的关注。

有读者看出，《望乡台》描述了二十世纪中国帝制、生态、信仰、道德的毁灭与破坏，这的确命中了我的创作初衷！但还不是全部，我的着力点是想探讨在现代文明和城市文化的全面侵逼下，中国几千年形成的农业文明和传统文化何去何从？而所有的文化与文明，落脚到具体个人，便是他人性的反映。这种人性，在社会秩序重新组合的“毁灭与重建”中，必然千姿百态！

不论是周掌柜、施书记、段八、德俊这些推动历史行进的前辈，还是李红旗、黄晓红、赵默问这些革命后生，都在风云变幻中命运沉浮几多嗟叹，到最后，前者的身体借德辉的背篓从戏楼下逃生，后者的灵魂依托德辉的双手捧回故里。与之对应的，是麻女、李铁匠、徐屠户、白掌柜、王顺光、陈尚林、蒲秀芳、赵二姑这些与国仪、玉珍、德辉、树兰患难与共相扶相依的底层民众，无论天灾人祸多么剧烈，他们永远如山一般巍峨挺立坦然面对，并庇护着那些来来往往哪怕是曾经伤害过他们的政治过客！

《望乡台》，为基层民众立传。

之所以为民众立传，正是因他们在社会秩序重组的过程中所表现出来的坚定、包容和宽厚，政治、军事、经济、文化……所有社会内容的条规细化到他们身上，他们都默默地接受和承担，恪守本分，从无怨言。

百姓生活既然与国家命运密切相关，那么，《望乡台》无法避免且必然要面对政治解读，“四个毁灭”实际上是社会秩序破坏之后的严重后遗症！农业文明和传统文化经受城市文化和现代文明的碰撞后，必然产生阵痛和迷茫，经历过生死考验的革命前辈，在经济浪潮席卷下都未能独善其身，何况他乎？所以怨声载道，谩骂四起，戾气横行。这当然使人沮丧，但底层民众却不以为然，他们明白“天总会亮”的哲理！所以，即便是沉重的农税提留逼得他们濒临绝路，他们也不绝望，他们也像父辈一样，积极自救。年轻县长赵默问为望乡台的发展劳累致死，进一步验证了他们那哲理的正确，这无疑给人力量和希望——社会重组的遗留问题，正在被一代一代的民众慢慢修复。

也有人对《望乡台》作出完全相反的解读，他们说这些逆来顺受的民众是完全丧失自我的病态心理，是“斯德哥尔摩综合征”，尤其是原本桀骜不驯的赵子归最终彻底归顺，更是证明。我对此不做任何评论，文章自古仁者见仁、智者见智。我只是坚持我对文学唯美的追求，中国的民主进程还在行进，民众的生存状态发生着有史以来最为激烈的变化。每个人都有权利选择自己最舒适的生活方式，他们不愿尖锐争斗，不愿仇恨厮杀，他们更乐意相互谦让相携相扶，他们是满足现实的美丽主义者，比所有的理论家都更透彻地懂得人生。但千万别以为他们懦弱无能，他们的骨骼里时刻流淌着“舍生取义”的血性，一旦邪恶来临，定会拔刀相向。

正因为此，他们和光同尘，生生不息。

这，又何尝不是一种大敬畏和大谦恭？

我为《望乡台》再版特意配了一首扉页诗：“望乡台，望乡台 / 我早也望，晚也望 / 一望我的祖先 / 再望我的爹娘 // 望乡台，望乡台 / 我小也望，老也望 / 一望我的姑娘 / 再望我的儿郎 // 望乡台，望乡台 / 我生也望，死也望 / 一望我的山高 / 再望我的水长”。

《望乡台》是一部谦恭之作，谦恭之下，更能看见生命的善良美好，更能看见世间的山高水长。

写在《母语尊严与百年乡愁》出版之际

赵 伟

一、乡愁易解，尊严难释

感谢张志忠教授主编这部《望乡台》的评论集，并为其取名为《母语尊严与百年乡愁》，我非常喜欢这个带着深厚文化芳香的名字。志忠先生作为中国当代著名的文学评论家、新文学学会副会长、文学院博士生导师，最早关注《望乡台》的是他，最先写评论文章介绍《望乡台》的也是他。《望乡台》能够在沉寂多年后再次进入大众视野，重新被人们解读、讨论、评说，志忠先生功不可没。

《望乡台》被人拆解研读，这可能是一群具有相同情怀的人，对同一情绪的不同回响，他们比照各自的人生经历，借《望乡台》，发出自己的声音，嬉笑怒骂、吹拉弹唱……不论以何种姿态出现，他们都是知音。

《望乡台》中的“百年乡愁”，最早由新华社北京分社原副总编辑肖春飞先生于2012年提出，此后“乡愁”话语出现在多个领域。但“母语尊严”的话题，却是我的主动阐述，这是在北方工业大学中文系那群把《望乡台》作为社会课题研究的学生来采访我时，我的表达。

是的，“母语尊严”是我写《望乡台》的另一个重要心思。这心思，小说从头至尾都如影相随若隐若现。李明新和余义林两位女士在她们的文章中似乎快要触及这一点了，李明新从微观谈“蚂蚁人生”，余义林从宏观谈“文化血脉”，她们的文字背后，其实也有一个长长的声音在回响。

乡愁易解，尊严难释。

国家正在大力提倡“文化自信”，这是多么了不起的声音！作为一介书生，在多年前已经开始心念于母语的尊严，这正是“江湖之远”与“庙堂之高”的遥相呼应。

山祖从世间消失时曾吟叹：“谁能理清众生事？望乡台上问来年。”

来年又是何年？归期未定人已懒，寒鸦无枝，故里难还。鬓毛衰，乡音变。堂前香火昨日断，子孙望祖，只在纸上叹，谁在悲？谁在欢？

愧对祖宗，匆忙在路边捡拾几行碎语，回应先人：

红尘事多，只笑不语。

万物齐存，互不相害。

恭行于世，以不负君。

二、构建世俗之外“大度、大德、大道”的灵魂世界

很多朋友不明白，我为何把一生都耗在了《望乡台》上，写了二十年，又修改十年。媒体采访时也曾多次问到这个问题。其实说到底，我是沉浸在《望乡台》这个世界里不能自拔。是的，每一个人，都有一个属于自己的世俗之外的灵魂世界，《望乡台》就是我在世俗之外的灵魂世界。在这个世界里，我生活在过往的故乡中：故乡的烟火，故乡的山河，故乡的花草树木、五谷杂粮、鸡鸭猫狗、人情门户……这个世界永远不会消失。如果说世俗世界是狰狞的，那么灵魂里的世界则是温暖的。我的灵魂，在这个世界里被温暖、被呵护、被尊重，有了这份灵魂世界滋生的力量，世俗世界的伤害就会变成茶余饭后的谈资，一笑而过。

小说中贯穿始终的玉珍，便是这温暖力量的源头，她其实是东方文明里“大度、大德、大道”的文化符号。

中华文明历史悠久，在春秋时代，著名的思想家孟子在《滕文公下》中提出：“居天下之广居，立天下之正位，行天下之大道。”又在《尽心章句上》提倡：“穷则独善其身，达则兼济天下”，中华文明数千年养育的人文情怀“大度、大德、大道”，从公元前先秦时代开始，直到今天，时时处处都闪现着不灭的光辉。汉语文化的先贤们在生活实践用其伟大的智慧创立对万事万物的认知体系：《礼记·中

庸》说："万物共存互不相害"。《宋朝事实类苑·祖宗圣训》："以大度兼容，则万物兼济。"千百年来，汉语世界的政治家们，都在追求共同的目标："四海安康，万民同乐"。在中华文明里，"品德"主导着人们生活的各个方面，世代先贤著书立说，时时处处告诫后世，品德为立人之本：《论语》说"君子务本，本立而道生。""德不孤，必有邻。"《谷梁传·僖公十五年》说："德厚者留光，德薄者留卑。"《菜根谭》说："德者事业之基。"《周易·坤》说："积善之家必有余庆，积不善之家必有余殃。"

可以说，中华文明五千年，就是一部德育史。"以至诚为道，以至仁为德。"已经成为中华文明最为显著的标识。"己所不欲勿施于人"，在汉语文明中，互相尊重，是一个人最基本的教养。

关于"大道"的探索，古代各家名人的论述很多，而且每个人所论述的"道"也都各有各的见解，独特的阐述也使得"道"有了多种多样的体现。

春秋时期左丘明曾说："忠于民，信于神谓之道。"道家老子说："大道无形，生育天地；大道有形，长育万物。吾不其名，强名曰道。"儒家圣尊孔子表示，自己不懂得道，却始终在寻道、谋道、问道。他说："朝闻道，夕死可矣。"他还说："君子谋道不谋食，君子忧道不忧贫"。被誉为兵家之祖的孙武在他的《孙子兵法·计篇》里说："故经之以五事，校之以计，而索其情：一曰道，二曰天，三曰地，四曰将，五曰法。道者，令民与上同意也。”司马迁于《史记》中评论道家：“道家无为，又曰无不为，其实易行，其辞难知。其术以虚无为本，以因循为用。无成执，无常形，故能究万物之情。不为物先，不为物后，故能为万物主。有法无法，因时为业，有度无度，因物与合，故曰：圣人不朽，时变是守。虚者道之常也，因者君之纲也，群臣并至，使多明也。”清朝大才子纪晓岚的门生盛时彦为纪晓岚的《阅微草堂笔记》作序时，对“道”的论述，最为简洁、生动。他说：“夫道，岂深隐莫测，秘密不传，如佛家之心印，道家之口诀哉！万事当然之理，是即道矣。”用今天的话说，就是：“人们所说的道，并不是神秘莫测，秘不外传，就像佛教所谓的‘心印’（佛教禅宗语。谓不用语言文字，而直接以心相印证，以期顿悟。也泛指内心有所领会），道教所谓的‘口诀’那样，万事万物的当然之理，这就是‘道’。”

行善积德，德厚道宽。

玉珍因其大度、大德，所以才为她的后世子孙铺开了一条温暖的大道，这条“大道”，也并非世俗之道，而是供灵魂安然前行的清念之下的平安大道。

2023年3月12日于北京

赵伟主要作品目录

《望乡台》：

长篇小说，北京出版社 2012 年 3 月首次出版（138 万字）。作家出版社 2022 年 4 月修订再版（88 万字）。根据小说改编的 51 集同名电视连续剧在北京首届剧本推优活动中被评为十佳优秀剧本。

《燃烧的雪花》：

长篇随笔，作家出版社 2022 年 4 月出版（精装版）。

《兵恋》：

小说集，敦煌文艺出版社 1992 年出版，其中《青海红》获青海省优秀短篇小说奖。

专栏写稿：

1996 年受《中外军事影视》杂志社邀请，为“青春影视派”和“大后方茶座”两个专栏写稿。

《西行兵车》：

中篇小说，《昆仑》杂志 1996 年第 2 期；《中华文学选刊》1996 年第 4 期转载。

《把戏》：

中篇小说，《中国作家》1996 年第 5 期。被武警总部评为优秀创作奖。

《深圳武警》：

长篇报告文学，20 万字，解放军文艺出版社 1999 年出版；北京有线台“华夏书苑”1999 年第 187 期专题采访；《文艺报》记者采访创作经历；武警部队召开作品讨论会，获新中国成立五十周年献礼工程优秀成果奖。

《壁州兵事》：

长篇小说，20 万字，人民武警出版社 2003 年成立后出版的第一部长篇小说。

《营盘舞》：

小说集，40 万字，解放军出版社 2003 年出版。

《我的女儿我的泪》：

36 集电视剧，编剧之一，2006 年多家电视台播放。

专栏写作：

2007 年受《中国国防报》“长城”副刊邀请，为专栏写稿。

《一个少年的蹦极》：

随笔，《人民日报》2010年5月29日，经多家报刊转载，多年来一直作为中学生语文考试现代文阅读解析范文。

《中国之“礼”》：

未成年人思想品质读本（主编）。应中国农业科技出版社特邀，编辑中国传统美德“仁、义、礼、智、信”丛书五卷本。

《文人的失落并非文化的失落》：

文艺评论，2014年环球网国内新闻头条，多家网站转载。

《坚守母语的尊严》：

文艺评论，《文艺报》“理论与争鸣”2019年2月18日；多家媒体转载，被选为中考、高考作文解析范文和浙江大学博学申论范文。

《一个时代的术与道》：

文艺评论，《中国财经报》约稿，2019年6月11日。

《文学的意思》：

文艺评论，《北京晚报》“五色土副刊”2019年11月7日。

《文化的疼痛》：

文学评论，《文艺报》2019 年 12 月 6 日。

《江南的四个话题》：

散文 4 篇，《人民文学》2020 年散文专刊，获“观音山杯美丽中国”优秀散文奖。

《时间是最好的修辞》：

文学评论《文艺报》2020 年 12 月 9 日。

《同对母语文明的牵挂与眷恋》：

文艺评论，网易新闻 2022 年 5 月 9 日。

《般若之旅》：

散文 2 篇，《人民文学》2021 年散文专刊，获“观音山杯美丽中国”优秀散文奖。

图书在版编目（CIP）数据

母语尊严与百年乡愁：赵伟长篇小说《望乡台》评论集 / 张志忠编． -- 北京：作家出版社，2023.6

ISBN 978-7-5212-2313-2

Ⅰ．①母… Ⅱ．①张… Ⅲ．①长篇小说-小说评论-中国-当代 Ⅳ．①I207.425

中国国家版本馆 CIP 数据核字（2023）第 086455 号

母语尊严与百年乡愁：赵伟长篇小说《望乡台》评论集

主　　编： 张志忠
责任编辑： 桑良勇
装帧设计： 薛　怡
出版发行： 作家出版社有限公司
社　　址： 北京农展馆南里 10 号　　**邮　　编：** 100125
电话传真： 86-10-65067186（发行中心及邮购部）
86-10-65004079（总编室）
E-mail: zuojia@zuojia.net.cn
http://www.zuojiachubanshe.com
印　　刷： 中煤（北京）印务有限公司
成品尺寸： 142×210
字　　数： 115 千
印　　张： 5.75
版　　次： 2023 年 6 月第 1 版
印　　次： 2023 年 6 月第 1 次印刷
ISBN 978-7-5212-2313-2
定　　价： 50.00 元